KB099961

임영기 新무협 판타지 소설
FANTASTIC ORIENTAL HEROES

와룡봉추 16

임영기 新무협 판타지 소설

초판 1쇄 찍은 날 § 2020년 3월 16일
초판 1쇄 펴낸 날 § 2020년 3월 23일

지은이 § 임영기
펴낸이 § 서경석

총괄팀장 § 노종아
편집책임 § 신나라

펴낸곳 § 도서출판 청어람
등록번호 § 제387-1999-000006호
등록일자 § 1999. 5. 31
어람번호 § 제2-2831호

주소 § 경기도 부천시 부일로 483번길 40 서경B/D 3F (우) 14640
전화 § 032-656-4452   팩스 § 032-656-4453
http://www.chungeoram.com
E-mail § chungeorambook@daum.net

ISBN 979-11-04-92170-4 04810
ISBN 979-11-04-91921-3 (세트)

16

와룡봉추

임영기 新무협 판타지 소설

FANTASTIC ORIENTAL HEROES

第一章
대인의 길

　자정이 넘은 북경 성내 밤하늘을 하나의 검은 물체가 휠휠 날아가고 있다.

　휠휠이라고 하지만 쏘아낸 화살보다 더 빠른 속도다.

　검은 물체는 흑의 경장을 입은 화운룡과 막화, 주헌결이다. 야행을 위해서 모두 흑의 경장을 입었다.

　화운룡이 양팔로 막화와 주헌결의 허리를 안고 지상에서 삼십여 장 높이 야공을 어풍비행으로 한 마리 붕새처럼 날아가고 있는 중이다.

　막화는 꿈을 꾸는 듯한 표정으로 까마득한 저 아래 어둠의 세상을 굽어보았다.

그로서는 이런 높이에서 이처럼 빠른 속도로 비행하기는 난생처음이라서 간이 콩알처럼 작아졌다.

그는 화운룡의 무공이 신의 경지에 도달했다는 사실을 알고 있었지만 자신이 실제 이런 식으로 경험을 하니까 그가 생각했던 것보다 훨씬 더 위대한 존재처럼 보였다.

주헌결은 얼마 전에 자금성에서 빠져나올 때 지금처럼 화운룡에게 안겨서 밤하늘을 날아본 적이 있었지만, 그런 경험은 첫 번째나 두 번째나 똑같이 경이로웠다.

"어디냐?"

"네……?"

화운룡이 묻는데도 막화는 넋이 나간 상태다.

"그들이 있는 곳이 어디냐?"

"아… 동화대로 끝부분입니다."

막화는 개방 고수가 알려준 위치를 겨우 기억해 냈다.

북경 외곽의 어느 아담한 장원.

실내에는 무거운 적막이 깔려 있다.

둥근 탁자 둘레에는 일곱 사람이 앉아 있는데 숨소리조차 들리지 않았다.

이들은 매우 중요한 일을 의논하기 위해서 긴급하게 회동을 했으나 서로의 주장이 다른 탓에 오랜 시간이 지나도록 결론을 내리지 못한 채 갑론을박하고 있던 중이었는데, 갑작스러운 일이 발생했다.

이들이 우두머리로 앉아 있는 구림육파와 화북대련에 지대한 영향력을 행사하는 인물이 만나고 싶다는 전갈을 보내왔기 때문이다.

그래서 이곳에 모인 사람들은 본래 회동한 목적을 제쳐두고 그 인물부터 만나기로 결정했다.

그리고 그 인물이 차지하고 있는 엄청난 비중 때문에 지금 이들은 몹시 긴장하고 흥분이 고조된 상태다.

아니, 몇 사람은 추호도 긴장하지 않고 매우 기대 어린 표정을 짓고 있다.

척!

그때 문이 열리자 모두들 움찔 놀라서 문을 쳐다보았다.

이들은 당금 무림에서 쟁쟁한 명성을 떨치고 있는 인물들인데, 이토록 긴장을 하고 있으니 기다리고 있는 사람이 얼마나 위대한 존재인지 짐작이 간다.

"오셨습니다."

이 자리에는 명패조차 내밀지 못하는 개방 북경총단의 사결제자가 실내에 대고 공손하게 말했다.

그러자 누가 시키지도 않았는데 앉아 있는 여덟 명이 일제히 벌떡 일어나서 문 쪽을 향했다.

그리고 뒤이어서 일신에 흑의 경장을 입은 키가 매우 크고 훤칠한 사내가 안으로 성큼 들어섰다.

"아!"

"오 오……!"

사내를 본 몇 사람의 입에서 탄성이 터져 나왔다.

감탄을 터뜨린 것은 세 사람이며 소림사 장문인 원각선사와 화산파 장문인 자하선인, 그리고 그들 맞은편에 있는 한 명의 여인이었다.

이들 세 사람은 흑의 경장 사내를 처음 보는 것이지만 그의 외모가 너무도 준수하고 출중하여 부지중에 탄성이 터져 나온 것이었다.

처음부터 한껏 기대 어린 표정을 짓고 있던 신풍개와 혜성신니, 그리고 맞은편의 하북팽가주 팽일강이 흑의 경장 사내를 향해 정중하게 포권을 하면서 허리를 굽혔다.

"대협을 뵈오!"

흑의 경장 사내 화운룡은 마주 포권을 했다.

"다시 만났구려."

신풍개와 혜성신니, 팽일강은 우르르 화운룡 앞으로 달려와서 반가운 표정을 금치 못했다.

"이렇게 다시 뵈오니 반갑기 그지없소이다……!"

"오랫동안 못 만날 줄 알았는데 당신을 다시 보다니 지금 죽어도 소원이 없어요……!"

혜성신니가 눈물을 글썽이면서 옆에 서자 화운룡은 온화하게 미소 지으며 그녀의 어깨를 다독거렸다.

"신니가 보고 싶어서 다시 온 것이오."

화운룡을 익히 잘 알고 있는 신풍개와 팽일강은 화운룡과 혜성신니의 행동에 빙그레 미소를 지었다.

하지만 그 외의 사람들은 놀라면서도 황당한 표정을 지었다.

아무리 비룡공자라고 하지만 일파지존인 아미파 장문인의 어깨를 도닥거리는 것은 지나친 행동이라는 생각에서다.

혜성신니는 화운룡의 말에 고마워서 눈물을 글썽이며 곱게 눈을 흘겼다.

"빈말인 줄 알지만 감격했어요."

화운룡 앞에서의 그녀는 아미파 장문인도 무엇도 아닌 그저 한 명의 순수하고 철없는 여인일 뿐이다.

화운룡 뒤에 서 있는 주헌결은 눈앞에서 벌어지고 있는 광경에 경악과 감탄을 금치 못했다.

그는 막화에게서 이곳에 어떤 인물들이 모여 있는지 설명을 들었기에, 지금 상황에 경악하지 않을 수가 없다.

그때 원각선사가 화운룡에게 왼손을 가슴 앞에 세우고 고개를 숙였다.

"아미타불… 소림의 원각이 화 시주를 뵈오."

자하선인은 포권을 하며 역시 고개를 숙였다.

"화산의 자하라고 하오."

화운룡은 마주 포권했다.

"화운룡이오."

주헌결은 소림 장문인 원각선사와 화산파 장문인 자하선인에 대한 소문을 귀가 따갑게 들었지만 그들을 직접 보는 것은 처음이다.

팽일강이 원각선사 맞은편에 서 있는 젊은 일남일녀를 가리키며 소개했다.

"본 련의 련주시오."

나란히 선 일남일녀가 정중히 포권했다.

"북궁연(北宮淵)입니다."

"은예상(殷霓祥)이에요."

청룡전도 북궁연은 이십칠팔 세 정도의 나이에 준수하며 강인한 용모에 당당한 체구를 지녔다.

주작운검 은예상은 이십이삼 세 나이며 키가 크고 늘씬한데 희고 갸름한 얼굴에 눈썹이 짙고 까만 눈이 매우 깊은 게 인상적이다.

조금 전에 은예상은 소문으로만 듣던 비룡공자의 외모가

너무도 출중하여 자신도 모르게 탄성을 터뜨렸었다.

"화운룡이오."

화운룡은 마주 가볍게 포권하고 모두 자리에 앉았다.

구림육파든 화북대련이든 화운룡은 하늘 같은 대은인이다. 그가 자금을 대지 않았으면 둘 다 존재하지 않거나 지금 이 순간에도 급속히 붕괴하고 있을 테니까 말이다.

그렇지만 그들은 화운룡을 단순하게 돈 많은 물주로만 보지 않았다.

지금껏 화운룡이 행한 일, 아니, 업적은 어느 누구도 흉내 낼 수 없는 엄청난 것이었다.

이곳에 있는 사람들은 화운룡의 어마어마한 금력과 무공을 존경하고 있다.

하지만 그가 지닌 금력의 원천이 무엇이고 무공 수위가 어느 정도인지에 대해서는 모르고 있다.

화운룡은 옆에 앉은 주헌결을 가리켰다.

"이분을 소개하겠소."

중인의 시선이 주헌결에게 집중됐다. 모두들 화운룡이 누굴 데리고 왔는지 몹시 궁금했다.

"광덕왕이시오."

그의 말에 모두들 움찔 놀라는 표정을 지었다. 그러나 일어나서 예를 표하는 사람은 아무도 없었다.

무림에서 광덕왕이 천외신계에 대명제국을 팔아먹은 매국 노라는 사실을 모르는 사람은 한 명도 없을 것이다. 그러므로 그에게 예를 취하는 것은 나라를 팔아먹은 일을 잘했다고 칭찬하는 것이나 다름이 없다.

중인의 곱지 않은 시선이 이번에는 화운룡에게 쏠렸다. 광덕왕 같은 매국노를 무엇 하러 이곳에 데려왔느냐는 무언의 물음이다.

화운룡은 조용히 말했다.

"광덕왕을 두둔할 생각은 없소."

주헌결의 몸이 움찔 떨리고 얼굴에는 놀라움이 떠올랐다. 믿었던 화운룡에게 배신당한 느낌이 순간적으로 들었다.

"그러나 이것 하나는 말할 수 있소. 내가 광덕왕이었다고 해도 천외신계의 협박과 회유 앞에서는 어쩔 수 없었을 것이 라는 사실이오."

이어지는 화운룡의 말에 광덕왕을 비롯한 모두의 얼굴에 놀라움이 떠올랐다. 물론 광덕왕과 중인이 놀라는 이유는 제 각기 달랐다.

화운룡은 중인을 둘러보았다.

"당신들은 불가항력이라는 상황을 경험한 적이 없었소? 광덕왕이 그랬소. 최소한 내가 알기로는 말이오."

사람이라면, 더구나 칼날 위에서 살고 있는 무림인이라면 더욱 불가항력적인 상황에 자주 맞닥뜨렸을 것이다.

나는 이렇게 하고 싶은데 누군가의 강압에 의해서 도저히 그럴 수 없는 상황 말이다.

"그 당시에 내가 광덕왕이었다면 천외신계와 싸우다가 죽었을 것이오. 광덕왕에게 잘못이 있다면 그렇게 하지 않고 아직까지 목숨을 부지하고 있다는 사실이오."

광덕왕은 가슴을 걷어차인 것 같은 충격을 받았고 그것 때문에 너무 죄스러워서 고개가 저절로 숙여졌다.

화운룡뿐만이 아니라 대부분의 뜻있는 협사였다면 그런 상황에서 천외신계에 저항하다가 장렬하게 산화하는 쪽을 선택했을 텐데, 광덕왕은 그렇게 하지 못했다.

그렇게 죽었다면 영웅으로 이름을 남겼을 것이지만 그러지 못했기에 지금 이렇게라도 죄를 씻으려고 하는 것이다.

화운룡의 말이 이어졌다.

"나는 광덕왕을 꾸짖고 죽이기보다는 옳은 일을 하다가 죽을 수 있는 기회를 주고 싶소."

성격이 급한 자하선인이 물었다.

"그 기회가 무엇이오?"

화운룡이 주헌결에게 말할 기회를 주었다.

"설명해 보시오."

고개를 든 주헌결은 용기를 내려고 애쓰면서 입을 열었다.

"나는 대명제국을 되찾으려고 하오."

그의 전혀 기대하지 않았던 말에 중인은 적잖이 놀라는 표정을 지었다.

그는 조금씩 진정 어린 표정을 되찾았다.

"우선 천외신계가 강제로 퇴역하고 해산시킨 장군들을 수소문해서 찾고 있는 중이오."

자하선인이 대놓고 물었다.

"몇 명이나 찾았습니까?"

"다섯 명을 찾았으며 그중에 두 명을 포섭했소."

"포섭한 두 명으로 어떻게 할 겁니까?"

주헌결은 성심껏 대답했다.

"그들이 지휘했던 군대를 재결성할 계획이오."

이번에는 원각선사가 진지하게 물었다.

"명나라는 그런 장군이 몇 명이나 있었습니까?"

"백이십여 명이오."

백이십여 명의 장군들 중에 이제 겨우 두 명을 포섭했다는 말에 다들 실망하는 표정을 지었다.

자하선인이 얼굴을 찌푸렸다.

"그렇게 해서 어느 세월에 명나라를 되찾겠습니까?"

"십 년이 걸리든 이십 년이 걸리든 기필코 대명제국을 되찾고야 말겠소."

주헌결의 각오와는 달리 중인의 반응은 냉담했다.

그렇다고 해서 주헌결의 계획이나 의지를 비웃는 것이 아니다. 숭고한 뜻은 인정하지만 그러기에는 그의 능력이 너무도 빈약했다.

주헌결은 자신의 계획을 피력해서 이들을 설득하고 싶었다.

"내 말을 들어보시오. 나름대로 치밀한 계획을 세웠소."

그렇지만 중인은 주헌결의 얘기를 더 들으려고 하지 않았다. 말은 하지 않았으나 반응이 그랬다.

화운룡은 기왕지사 주헌결을 돕기로 한 것 조금 더 힘을 보태줘야겠다고 마음먹었다.

"서로 돕도록 하시오."

그가 밑도 끝도 없이 불쑥 말하자 모두들 그를 주시하면서 의아한 표정을 지었다.

"뭘 도우라는 말이오?"

이번에도 자하선인이 조금 신경질적으로 물었다. 그는 어느 한 가지 일에 몰두하다 보면 다른 것들은 망각하는 편협한 성격이다.

그러나 화운룡은 나직한 목소리로 조용히 말했다.

"서로 도와서 천외신계를 상대하면 좋겠다는 뜻이오."

"우리가 왜 광덕왕을 도와야 하오?"

"지금 같은 상황에 서로 돕지 않으면 난국을 타개할 수 없으니까 하는 말이오."

"대협의 말은 명령이오?"

네가 우리한테 자금을 대주니까 대가를 치르라는 것이냐고
묻는 것이다.

원각선사가 자하선인을 다독였다.

"자하선인의 말씀이 지나치시오. 상대를 봐가시면서 말씀하
시오. 상대는 화 시주외다."

그러나 원각선사의 충고 정도로는 자하선인의 다혈질 성격
을 꺾지 못했다.

"비룡공자 도우가 우리에게 자금을 대고 있지만 명령을 하
는 것은 좀 그렇소."

그는 아예 한술 더 떴다.

"돈은 그저 돈일 뿐이오. 돈만 갖고는 아무것도 할 수 없소
이다. 싸우는 것은 우리라는 말이오."

화운룡이 충분히 역정을 낼 수 있는 말이지만 그는 시종
조용히 말했다.

"모두의 생각이 그렇소?"

*　　　　*　　　　*

자하선인의 말에 몹시 기분이 나빠진 신풍개가 일어나서

굳은 얼굴로 말했다.

"지난 일 년 넉 달 동안 화 대협은 구림육파에 금 사백만 냥을 지원했소."

그동안 화운룡이 자금을 지원했다는 사실에 그저 고마운 마음을 갖고 있던 중인은 금 사백만 냥이라는 구체적인 액수에 망연자실했다.

"그것은 은자 이억 냥이라는 실로 어마어마한 액수요."

은자로 이억 냥이라고 환산하니까 금 사백만 냥이라는 충격이 몇 배나 더 증폭되었다.

"여러분은 화 대협이 그 엄청난 돈을 무엇 때문에 구림육파에 지원했다고 생각하시오?"

"그야… 천외신계를 몰아내기 위해서가 아니오?"

자하선인의 말에 신풍개는 냉소를 지었다.

"그래서 천외신계를 몰아냈소?"

자하선인은 조금 당황했다.

"아니… 지금까지는 계획을 세웠고 앞으로 그것을 실행하려는 단계가 아니오?"

"구림육파는 화 대협에게 은자 이억 냥을 받아서 천외신계를 몰아낼 계획을 세우고 이제 겨우 실행에 옮기려고 한다는 말이오?"

"그… 렇소."

신풍개가 몰아치자 자하선인은 기가 죽었다.

그러나 신풍개는 여기에서 그치지 않고 아예 이참에 속에 품고 있던 말들을 다 쏟아냈다.

"그런데 도대체 그동안 무엇을 계획했고 앞으로 무엇을 실행에 옮기겠다는 것이오? 구림육파에서 한 축을 담당하고 있는 일파지존인 나조차도 모르고 있는 계획과 실행이라는 것이 있기는 있었던 것이오?"

"……"

자하선인은 당황해서 말문이 막혔다. 사실 지금껏 천외신계와 어떻게 싸워서 어떤 식으로 몰아내겠다는 계획 같은 것은 중구난방 말로만 떠들었을 뿐 애당초 어떤 결정이 난 것은 하나도 없었다.

신풍개는 마지막 역린(逆鱗)까지 건드렸다.

"지난 일 년하고 넉 달 동안 화 대협이 준 금 사백만 냥이라는 어마어마한 돈이 어디에 어떻게 쓰였는지 나는 그게 정말 궁금했었소."

"그만하시오!"

자하선인이 버럭 노성을 질렀다.

그러나 신풍개는 그만두기는커녕 이번에는 표적을 원각선사로 바꾸었다.

"말씀해 주시오. 선사, 그 돈을 다 어디에 무엇을 하느라 다

쓴 것이오?"

사실 그는 다 알고서 묻는 것이다.

"아미타불······."

원각선사는 대답을 하지 못하고 불호만 외웠다.

신풍개는 구림육파의 비리에 대해서 말을 하다 보니까 화가 나서 목소리가 점점 커졌다.

"조금 전에 자하선인은 화 대협이 지원한 돈은 그저 돈일 뿐이고 천외신계와 싸우는 것은 자신들이라고 큰소리를 떵떵 쳤었소! 그렇다면 화 대협에게 지금 이 순간부터 지원을 끊어도 좋다고 당당하게 말해보시오! 화 대협이 지원한 돈은 그저 돈뿐이니까 말이오!"

원각선사와 자하선인은 추호도 반박하지 못했다. 다만 자하선인의 얼굴이 붉으락푸르락하면서 신풍개를 잡아먹을 듯이 쏘아볼 뿐이다.

신풍개는 아예 원각선사와 자하선인의 목줄을 조이고 심장에 창을 꽂았다.

"나는 금 사백만 냥이라는 엄청난 거금이 소림사와 화산파, 그리고 청성파의 재건에 은밀하게 사용되고 있다는 사실을 이미 다 알고 있소."

원각선사와 자하선인이 움찔 놀라며 처음에는 신풍개를, 그다음에는 화운룡을 쳐다보았다.

신풍개의 까발림이 소나기처럼 쏟아졌다.

"당신들은 애당초 천외신계하고 싸울 생각 따윈 없이 그저 오래전에 천외신계에게 지리멸렬당한 자파를 복원하는 데에만 골몰했었소."

신풍개는 준엄하게 일갈했다.

"그러면서 누굴 비웃는 것이오?"

그는 주헌결을 가리켰다.

"금 사백만 냥을 받아먹고서도 자신들의 사리사욕만 챙기는 당신들보다 어느 누구의 도움도 없이 장군을 두 명이나 포섭한 광덕왕이 백배는 더 훌륭하지 않소? 어디 할 말이 있으면 해보시오!"

실내에 자욱한 침묵이 깔렸다. 원각선사와 자하선인은 물론이고 어느 누구도 입을 열지 않았다.

그때 자하선인의 눈에 언뜻 살기가 떠오르는 것을 오직 화운룡만 발견했다.

자하선인은 앉아 있는데 바로 옆에 서서 다른 곳을 보고 있는 신풍개를 급습한다면 당할 수밖에 없는 상황이다.

이런 자리에서 신풍개를 급습한다면 자하선인은 돌이킬 수 없는 죄를 저지르게 되는 것이다.

그래서 화운룡은 그가 단지 살기만 품을 뿐이지 설마 신풍개를 공격하지는 않을 것이라고 생각했다. 아니, 부디 그래 주기를, 그에게 마지막 한 가닥 기대를 품었다.

그러나 자하선인은 화운룡이 한 가닥 기대를 품은 순간 살심을 행동으로 옮겼다.

그는 슬쩍 신풍개 쪽으로 상체를 돌리면서 미리 끌어올렸던 공력을 오른손에 모아 전력으로 발출했다.

위잉!

두 자밖에 안 되는 거리에서 무시무시하게 뿜어진 자하선인의 성명절학인 자하강기(紫霞罡氣)는 고스란히 신풍개의 옆구리에 적중됐다.

백팔십 년 공력이 실린 화산파의 절학 자하강기를 두 자 거리에서 정통으로 맞는다면 신풍개의 온몸이 갈가리 찢어져서 시체조차 온전하게 남기지 못할 것이다.

꽝!

"으악!"

쩌렁한 폭음이 터지면서 실내가 우르르 격렬하게 떨어 울리며 단말마의 비명이 터질 때까지도 사람들은 크게 놀랄 뿐, 무슨 일이 벌어지고 있는지 미처 깨닫지 못했다.

우당탕!

그런데 급습을 한 자하선인이 오히려 앉아 있다가 의자와 함께 뒤로 쏜살같이 퉁겨져서 일 장이나 날아가 벽에 부딪치고는 바닥에 나뒹굴었다.

중인은 모두 우르르 일어나서 지금 이것이 무슨 상황인지 이해하려고 애썼다.

그 정도로 자하선인의 급습이 갑작스럽게 일어났으며 신풍 개하고의 거리가 가까웠다는 뜻이다.

급습을 당한 당사자인 신풍개는 방금 전에 자하선인의 일 장이 닿았을 때 몸이 한 차례 움찔 떨린 것 말고는 털끝 하나 다치지 않았다.

그는 자신에게 무슨 일이 생긴 것 같은데 그게 무엇인지 알 지 못했다.

"<u>으으으……</u>"

자하선인은 자하강기를 발출했던 오른팔이 손에서부터 어 깨까지 뼈가 조각조각 부러진 상태로 바닥에 쓰러진 채 오만 상을 찌푸리며 신음을 흘렸다.

사실 자하선인이 신풍개를 급습하는 것과 동시에 화운룡이 무형강기를 발출하여 신풍개의 몸을 감쌌다.

일촉즉발의 순간이었기에 신풍개의 전신을 감싸지 못하고 자하선인 쪽 옆구리에만 무형막을 펼쳤다.

그래서 자하선인의 자하강기는 무형막에 적중되었다가 퉁 겨져서 외려 그의 오른팔을 짓이겨 버렸다.

모두 일어섰지만 화운룡만 앉은 채 자하선인을 보며 씁쓸 한 표정으로 꾸짖었다.

"관보(關甫), 너는 화산파의 장문인으로서가 아니라 인간으로서도 최악이다. 그만 날뛰어라."

"……."

화운룡이 어느 누구도 모르는 자하선인의 속명을 거침없이 부르자 그는 놀라서 눈을 부릅떴다.

그의 속명을 알고 있다면 그가 이십오 세에 도가인 화산파에 입문하기 전에 어떤 신분으로 살면서 무슨 짓을 했었는지도 잘 알고 있다는 뜻이다.

자하선인은 부들부들 떨면서 부러지지 않은 왼팔로 바닥을 짚고 간신히 일어나 화운룡을 노려보았다.

"으으… 너는 누구냐……?"

화운룡은 대꾸하지 않고 원각선사에게 말했다.

"선사, 저자를 데리고 가시오. 오늘부로 구림육파에 지원을 하지 않겠소."

원각선사는 아무 말도 하지 못했다. 이런 상황에서 뭐라고 항변할 말이 있다면 개돼지만도 못한 족속이다.

촤앙!

"이놈! 죽어랏!"

그때 일어서 있던 자하선인이 어깨에 메고 있던 도를 뽑으면서 그대로 화운룡에게 뻗으며 덮쳐갔다.

화산파 최고수인 자하선인이 필생의 공력을 모조리 주입한

데다 악에 받친 상태에서 화산파의 성명절기를 전개하는 것이라 기세가 위맹하기 이를 데 없다.

쐐애액!

자하선인이 발출한 짙푸르고 굵은 검기가 화운룡을 향해 일직선으로 뿜어지는 순간, 실내의 모든 사람들이 무기를 뽑거나 장풍으로 자하선인을 공격했다.

그러나 화운룡은 자리에 앉은 채 미동도 하지 않은 채 술잔을 기울이고 있었다.

지금 상황으로 봤을 때 자하선인은 화운룡을 죽일지도 모르지만 그 자신 역시 모두의 합공으로 목숨을 부지하기 어려울 것 같았다.

그런데 한순간 모든 것이 정지했다.

자하선인은 상체를 앞으로 숙이고 화운룡을 향해 덮쳐가는 기세에서 도를 뻗은 자세 그대로 두 발과 몸이 허공에 뜬 채 꼼짝도 하지 못했다.

그리고 중인 모두가 발출한 공격은 흔적도 없이 사라져 버리고 괴괴한 적막이 실내에 감돌았다.

중인은 밧줄에 꽁꽁 묶인 것처럼 비스듬히 기울어진 자세로 허공에 떠서 꼼짝도 하지 못하는 자하선인과, 자리에 앉은 채 조용히 술잔을 기울이고 있는 화운룡을 번갈아 쳐다보면서 경악하는 표정을 지었다.

실내에 있는 모든 사람들이 자하선인을 공격했으므로 지금 같은 상황을 만들어낼 여력이 없다.

그러므로 자하선인을 공격하지 않은 단 한 사람 화운룡만이 지금 이런 상황을 만들어냈을 가능성이 가장 크다.

그런데 그는 보다시피 아무런 동작도 취하지 않은 채 앉아 있어서 중인은 어리둥절하며 반신반의했다.

화운룡은 천천히 들고 있던 술잔을 입속에 쏟아붓고 빈 잔을 내려놓은 후에야 자하선인을 쳐다보았다.

"관보, 네가 죽인 친형 내외와 어린 조카들의 복수를 결국 내 손으로 해야겠구나."

그 옛날 관보는 가문에서 큰 잘못을 저지르고 파문될 위기에 처하자 자신의 잘못을 부친에게 고해바친 하나뿐인 친형을 비롯한 가족들을 모조리 독살한 후에 도망쳐서 화산파 제자가 되었다.

중인은 그제야 비로소 화운룡이 무형지기로 자하선인을 제압했을 뿐만 아니라 모두의 공격까지도 순식간에 해소시켰다는 사실을 깨달았다.

생각이 거기에 미치자 모두들 아연실색했다. 도대체 화운룡의 무공과 공력이 얼마나 고강하기에 그럴 수가 있는 것인지 말문이 막혔다.

한 가지 분명한 것은 화운룡이 자하선인과 모두를 합친 것보다 더 고강하다는 사실이다.

자하선인은 화운룡의 말에 안색이 해쓱하게 변했다.

"너 이놈……."

아무도 모를 것이라는 자신의 추악한 과거를 들춰냈기 때문이고, 화운룡이 보여주고 있는 엄청난 신기 때문이다.

스르르…….

자하선인의 몸이 똑바로 세워졌으며 두 발은 바닥에서 두 자 정도 떠 있는 상태다.

그는 벗어나려고 몸부림을 치고 있지만 사람들이 보기에 그저 움찔거리기만 할 뿐이다.

"으으으……."

화운룡은 빈 잔에 술을 따르면서 조용히 중얼거렸다.

"관도. 화산파를 위해서, 그리고 억울하게 죽은 너의 형 가족을 위해서 벌을 내리겠다."

사람들은 화운룡이 술을 따르면서도 어떻게 자하선인을 허공에 떠 있게 할 수 있는 것인지 그저 신기할 따름이다.

신풍개와 혜성신니는 화운룡의 무공이 굉장하다는 사실을 알고 있었지만 이 정도일 줄은 예상하지 못했기에 그들마저도 경악하고 있다.

슛…….

그때 자하선인이 왼손에 쥐고 있던 푸른 도가 그의 손에서 벗어나 앞으로 느릿하게 둥둥 떠갔다.

그러더니 도첨이 자하선인을 향해 빙글 반원을 그리며 방향을 틀다가 뚝 멈추었다.

화산파 장문인의 신물이며 보도(寶刀)인 자하신도가 제 주인의 얼굴을 겨누고 있다.

비로소 화운룡의 의도를 알아챈 자하선인은 부들부들 떨면서 애원했다.

"으으… 제발 살려주시오… 내가 잘못했소… 내가 어떻게 하면 용서해 주겠소……?"

죽음을 목전에 둔 그의 애원은 너무 비굴해서 모두의 눈살을 찌푸리게 만들었다.

동료라고 할 수 있는 원각선사조차도 죽음을 목전에 둔 자하선인을 측은한 표정으로 바라보기만 할 뿐이지 구하려고 들지 않았다.

화운룡이 천천히 술잔을 들자 멈춰 있던 도가 자하선인을 향해 쏘아갔다.

쉬잇!

"와앗!"

도가 자신을 향해 곧장 쏘아오자 자하선인은 다급한 비명을 터뜨렸다.

얼굴을 향해 일직선으로 쏘아가던 도가 그의 얼굴 왼쪽으로 한 뼘쯤 거리를 두고 비껴갔다.

그러자 그는 화운룡이 자신을 살려주는 것이라는 생각에 안도의 표정을 지었다.

순간 도신이 빙글 반원을 그리면서 그의 목을 뎅겅 간단하게 잘라 버렸다.

삭……

"끄윽……"

중인이 움찔 놀랄 때 자하선인의 잘라진 수급이 바닥에 퉁하고 떨어졌다.

그러나 수급에서도 목에서도 피 한 방울 흐르지 않았다.

모두들 기가 질린 표정을 지은 채 무거운 침묵이 흘렀다.

그때 한쪽에 시립하고 있던 막화가 나서서 자하선인의 시체를 수습하여 밖으로 나갔다.

화운룡은 원각선사를 쳐다보았다.

"선사는 내게 할 말이 있소?"

원각선사는 착잡한 표정을 지었다.

"화 시주께 미안할 따름이오."

그는 손가락으로 수중의 염주를 굴리며 말했다.

"그러나 화 시주도 아시다시피 천외신계는 천하를 너무 잘 다스리고 있어서, 과연 그들과 싸워서 천하를 되찾는 것이 무슨 의미가 있는지 의문을 품게 하였소."

신풍개가 지적했다.

"나중에라도 그런 생각이 들었다면 천외신계를 상대하기 위해서 결성된 구림육파를 즉각 해산하고 화 대협으로부터 거액의 자금을 지원받지 말았어야 하는 것 아니오?"

"아미타불… 그것은 맞는 말이오. 그러나……."

"선사는 그만 가보시오."

화운룡이 말을 뚝 잘랐다.

"화 시주……."

"아무쪼록 소림사를 잘 재건하기 바라오."

화운룡은 미래에 원각선사하고도 여러 사연이 있지만 언급하지 않았다.

第二章

그는 전능(全能)하다

　화운룡은 다른 사람들을 잠시 밖에 나가 있도록 하고 화북
대련의 련주라는 북궁연과 은예상하고만 마주 앉았다.

　북궁연과 은예상은 어째서 화운룡이 다른 사람들, 심지어
팽일강까지 다 내보내고 자신들만 남게 했는지 의아하면서도
자못 긴장했다.

　화운룡은 두 사람을 잠시 바라보다가 나직한 목소리로 말
문을 열었다.

　"두 사람은 어떤 연유로 화북대련의 련주가 되었는가?"

　북궁연은 자신보다 연하로 보이는 화운룡이 하대를 했지만

그것을 문제 삼지는 않았다.

비룡공자 화운룡은 충분히 그러고도 넘칠 정도의 인물이기 때문이다.

"말하지 못하는 것을 용서하십시오."

그러면서 그 자신은 화운룡에게 깍듯했다. 그것은 그가 질 높은 교육을 받았다는 반증이다.

화운룡은 이런 식의 물음에 이들이 쉽사리 대답하지 않을 것이라고 생각했다.

이들이 정말 사신천가의 후예라면 그런 사실을 아무에게나 밝힐 수 없을 터이다.

화운룡이 자신의 신분을 드러내지 않으면서도 그것을 알아낼 방법이 하나 있다. 이들에게 잠혼백령술을 전개하여 심지를 제압하는 것이다.

썩 내키지 않는 방법이지만 그렇다고 해서 자신의 신분을 드러낼 수도 없으며 이대로 돌아서자니 어째서 사신천가가 천제의 명령도 없이 무림에 출도했는지 궁금증을 풀지 못해서 답답할 것이다.

화운룡이 술잔을 내려놓고 맞은편의 두 사람을 향해 슬쩍 손을 휘둘렀다.

움직이지 않은 채 무형지기를 뿜어서 혈도를 제압할 수도 있지만, 이들이 사신천가의 후예라면 무공이 제법 높을 테니

자칫 실수할 수도 있을 것 같아서 손을 사용했다.

북궁연과 은예상은 화운룡이 설마 자신들을 제압할 것이라고 예상하지 않았기에 그가 손을 저어도 가만히 앉아 있다가 마혈이 제압됐다.

파파팟…….

"앗!"

"아……!"

두 사람이 움찔 놀라서 항의하려는 순간 상체 스물일곱 군데 혈도가 제압되어 잠혼백령술에 걸렸다.

화운룡이 조용한 목소리로 물었다.

"너희들은 어느 가문 출신이냐?"

"저는 천중인계 사신천가 청룡전가의 소가주입니다."

"저는 천중인계 사신천가 주작운가의 소가주입니다."

두 사람은 화운룡을 바라보며 공손하게 대답했다. 화운룡의 예상대로 그들은 사신천가 사람이었다.

"천제의 명령 없이 어째서 무림에 출도했느냐?"

"천제께서 무림에 출도하라고 명령하셨습니다."

"뭐시라?"

화운룡은 어이없는 표정을 지었다. 그가 사신천제인데 언제 그런 명령을 내렸다는 말인가?

그는 절대로 그런 명령을 내린 적이 없으므로 그가 모르는 또 다른 천제가 존재하든가 아니면 가짜일 것이다.

문득 화운룡 뇌리로 스치는 어떤 것이 있었다.

"천제를 직접 보았느냐?"

"직접 알현했습니다."

"천제의 모습을 구체적으로 설명해라."

북궁연이 자신을 쳐다보자 은예상이 눈을 깜빡거리면서 설명을 시작했다.

"천제는 남자이며 삼십오륙 세 정도의 청수한 유생의 외모에 매우 준수한 이목구비를 갖추었고, 언제나 오색채의를 입으십니다. 또한 매사에 공명정대하며 천제의 성명절학인 무극사신공을 대성하신 것으로 알고 있습니다."

천제가 화운룡이 아닌 것만은 분명하다.

'무극사신공을?'

무극사신공은 전대 천제로부터 다음 대 천제가 물려받는 성명절학이다.

그러므로 그것을 익힌 인물이라면 천제라고 할 수 있는데 어떻게 그런 일이 가능한 것인지 화운룡으로서는 이해가 되지 않았다.

전대 천제인 솔천사의 제자는 화운룡이 유일하다. 그리고 그는 미래에 천중인계 제칠대 천제인 솔천사가 남긴 무극사신공을 괄창산 비로봉 동굴에서 발견하여 그곳에서 십 년 동안 연마해 오 성(成)의 성취를 이룬 후 무림에 출도했었다.

그것은 미래에서의 일이다. 그리고 과거로 돌아온 현실에서 화운룡은 괄창산에서 천외신계 십존왕에게 중상을 입고 쫓기는 솔천사를 직접 만나서 그의 일신공력과 천성여의를 직접 받았다.

그러므로 솔천사의 전인이 화운룡 말고 따로 있을 리가 만무한 일이다.

그런데 지금 은예상이 말하고 있는 천제라는 인물이 무극사신공을 익혔다고 하지 않는가.

"그가 무극사신공을 전개하는 것을 누가 보았느냐?"

"가주께서 직접 보셨습니다."

"주작운가 가주 말이냐?"

"그렇습니다."

북궁연이 고개를 숙였다.

"저희 가주도 보았다고 말씀하셨습니다."

청룡전가 가주와 주작운가 가주 두 명이 보았다면 틀리지 않았을 것이다.

사신천가의 네 가주는 무극사신공을 배우지 않았으나 알아보는 눈을 지니고 있으며 그 안목을 대대로 까다로운 과정을 통해서 물려받는다.

화운룡의 목소리가 가라앉았다.

"그가 천제의 징표를 보였느냐?"

"보였습니다."

천제의 징표는 사신천가의 가전절학 최후의 절초식을 가리키는 것이고 그것을 가주들 앞에서 전개해 보여야 한다.

사신천가의 절학은 원래 모두 오초식이지만 사신천가 사람들에겐 사초식만 전해지고 있다.

마지막 오초식이자 절초는 사신천제가 알고 있으며 그가 사신천가 가주들을 처음 만나게 되면 '천제의 징표'라는 의미로 보여주게 되어 있다.

이후 천제는 오초식을 가주들에게 전수하며 가주들은 그것을 배우고 나서 가문의 사람들에게 전수하게 되는 것이다.

"음……."

화운룡의 입에서 저절로 묵직한 신음 소리가 새어 나왔다. 무극사신공에 천제의 징표까지 보였다면 그 인물이 사신천제가 분명하다.

"그래서 너희들은 가전절학 마지막 오초식을 그 사람으로부터 배웠느냐?"

북궁연과 은예상은 서로의 얼굴을 쳐다보고 나서 대답했다.

"아직 배우지 못한 것으로 알고 있습니다."

만약 두 사람이 잠혼백령술에 제압되지 않았다면 천중인계에 대해서 훤히 알고 있는 화운룡을 몹시 이상하게 생각하고 의심했을 것이다.

화운룡은 문득 백호뇌가의 가주 소진청이 궁금했다.

"백호뇌가는 어찌 되었느냐?"

북궁연이 공손히 대답했다.

"백호뇌가와 현무벽가는 무림에 출도하지 않았습니다."

화운룡은 어둠 속에서 한 줄기 빛을 발견한 기분이 들었다.

"어째서 그렇지?"

"그것까지는 모르겠습니다."

"그렇다면 천제의 명령을 받은 것은 청룡전가와 주작운가뿐이라는 것이냐?"

"그렇게 알고 있습니다."

"천제는 어디에 있느냐?"

북궁연이 대답했다.

"저희 본 가에 머물고 계십니다."

이들 두 사람에게 물어보는 것은 여기까지다. 해답은 백호뇌가와 현무벽가가 갖고 있을 것이다.

그들 두 가문이 무림에 출도하지 않은 이유가 새로 출현한 천제의 진위를 밝혀줄 것이다.

그러나 화운룡은 곧 씁쓸한 표정을 지었다.

'소진청을 만날 것까지는 없다.'

그는 사신천제로서의 의무와 책임을 포기한 상태이며 앞으로도 그럴 생각이다.

그렇기 때문에 구태여 소진청을 만나서 새로운 천제의 출현에 대해서 왈가왈부 따지고 싶은 생각이 없다.

더구나 소진청은 하나뿐인 딸 홍예와 자식처럼 소중한 건곤쌍쾌를 잃었으므로 화운룡이 그들을 만날 면목이 없다.

화운룡은 미련 없이 북궁연과 은예상의 잠혼백령술을 풀어주었다.

천제가 누구든 간에 그가 천하에 해를 입히지 않는다면 그로써 다행이고 화운룡이 나서지 않아도 된다.

화북대련은 흔쾌히 주헌결을 돕기로 했다.

북궁연과 은예상은 이후 주헌결과 손잡고 천외신계를 상대하겠다고 약속했다.

그리고 신풍개는 개방을 이끌고 화북대련에 합류하기로 결정했다.

화운룡은 전각을 나서며 혜성신니에게 말했다.

"신니, 나하고 갈 곳이 있소."

혜성신니는 화운룡을 바싹 따르며 입술을 삐죽거렸다.

"당신은 아직도 저를 신니라고 부르는군요?"

"그럼 뭐라고 부르오?"

혜성신니는 곱게 그를 흘겼다.

"이름을 부르세요. 당신은 그래도 돼요."

혜성신니는 심심상인을 통해서 자신과 화운룡의 미래에 대해서 잘 알고 있다.

미래에서 화운룡은 혜성신니의 속명을 부르고 하대를 했었으니 그녀로서는 지금 상황이 못마땅할 수도 있다.

화운룡은 소리 없이 웃었다.

"아미파 장문인 속명을 어찌 함부로 부른다는 말이오?"

"림아는 불렀잖아요. 그리고 당신이 미래에 저를 상아라고 불렀잖아요."

"그랬던가?"

"어서 불러봐요."

혜성신니는 떼를 썼다.

"더구나 저는 머지않아서 아미파를 사매에게 물려주고 속인으로 돌아올 거잖아요."

신풍개는 그녀의 말을 듣고 벙긋 미소 지었다. 그녀가 파계를 하고 나서 자신과 혼인을 한다는 사실을 화운룡이 일러주었기 때문이다.

"허어… 참."

혜성신니가 이렇게까지 나오는데 그녀의 이름을 부르지 못할 것도 없다.

"상아."

화운룡이 부드럽게 이름을 불러주자 혜성신니는 생글생글 미소를 지었다.

"한 번 더요."

"상아."

"한 번 더."

화운룡은 한 팔로 막화와 주헌결을 한꺼번에 안고 다른 팔을 그녀에게 내밀었다.

"안기지 않으면 두고 가겠다."

"기다려요!"

혜성신니는 어딜 가느냐고 묻지도 않고 다급하게 그의 팔에 안겼다.

그걸 보고 신풍개와 팽일강은 빙그레 미소 지었다.

장원 마당에는 신풍개와 팽일강, 북궁연, 은예상이 나와 있는데 그중에 신풍개와 팽일강이 화운룡에게 가까이 다가와서 몹시 아쉬운 얼굴로 물었다.

"언제 다시 뵈올 수 있소?"

"화 대협, 이렇게 가시는 것이오?"

화운룡은 빙그레 미소 지었다.

"또 봅시다."

다음 순간 그가, 아니, 그와 혜성신니, 막화, 주헌결이 시야에서 씻은 듯이 사라졌다.

"아……."

신풍개와 팽일강이 놀라서 두리번거리는데 북궁연이 밤하늘 높은 곳을 가리켰다.

"저기입니다."

그가 가리킨 곳은 지상에서 수십 장 높이이며, 그곳에 화운룡이 양팔로 세 사람을 안은 채 비스듬히 까마득한 밤하늘을 하염없이 솟구치고 있는 모습이 아스라이 보였다.

은예상이 밤하늘에서 마치 하나의 유성처럼 점점 멀어지고 있는 화운룡을 올려다보면서 경탄 어린 표정을 지었다.

"어떻게 저런 경공을 펼칠 수가 있죠?"

그녀는 자신이 단 한 번 보고 나서 무조건 존경하게 된 사신천제도 과연 저런 엄청난 신위를 보여줄 수 있을까 하는 궁금증이 생겼다.

팽일강이 밤하늘을 보며 흐뭇한 표정으로 중얼거렸다.

"예전에 화 대협은 매우 위험한 곤경에 처해 있는 나를 비롯한 다섯 명을 매달고 지상에서 오십 장 높이 허공을 날아 십 리까지 날아간 적이 있었소. 그것에 비하면 저건 아무것도 아니오."

북궁연과 은예상은 그런 말도 안 되는 일이 어디에 있느냐는 표정으로 팽일강을 쳐다보았다.

신풍개는 빙그레 미소 지었다.

"그가 바로 비룡공자외다."

팽일강이 덧붙였다.

"그 말인즉 그는 전능(全能)하다는 뜻이오."

네 사람은 화운룡의 모습이 보이지 않을 때까지 오랫동안 밤하늘을 응시했다.

화운룡은 그 길로 자금성에 들러서 주헌결을 거쳐 앞에 내려주고 혜성신니와 막화를 데리고 객점으로 돌아왔다.

객점 이 층 지붕에 내려선 화운룡은 창을 열고 혜성신니에게 창을 가리켰다.

"상아, 먼저 들어가라."

혜성신니, 아니, 명상은 망설임 없이 창 안으로 들어갔다. 화운룡을 아는 사람들은 그의 말이라면 불구덩이라고 해도 추호의 망설임 없이 들어간다.

아직 자지 않고 탁자에 둘러앉아 있던 명림과 호아, 손설효, 선봉은 갑자기 창이 열리고 그곳으로 누군가 들어서자 화운룡인 줄 알고 급히 일어나 창으로 향했다.

그런데 들어선 사람이 승복을 입고 있는 명상인 것을 발견한 명림이 기절할 정도로 놀라 외쳤다.

"언니!"

명상은 명림을 발견하고 눈을 휘둥그렇게 뜨며 경악했다.

"너……."

명상은 설마 객방 안에서 죽은 줄 알았던 친동생 명림이 기다리고 있을 줄은 꿈에도 몰랐다.

"림아… 살아 있었구나……."

다음 순간 명림과 명상은 울음을 터뜨리면서 서로를 힘차게 부둥켜안았다.

"언니!"

"림아!"

뒤따라 들어선 화운룡은 서로 얼싸안고 눈물바람이 난 명림과 명상을 보면서 흐뭇한 미소를 지었다.

그는 명상에게 명림을 보여주려고 이곳에 데리고 온 것이다.

새벽이 다가오고 있는 시각인데도 화운룡 등은 탁자에 둘러앉아 대화를 나누고 있다.

"림아, 효보보야, 호아, 봉아. 너희들은 상아를 따라가서 예전 황산파 자리에 아미파의 후신인 상림파를 개파하는 것을 돕도록 해라."

명림을 비롯한 네 여자는 화운룡이 옥봉을 구하러 혼자 먼

길을 떠날 결심이 굳었다는 사실을 깨닫고 더 이상 매달리지
는 않았지만 슬픈 표정을 지우지 못했다.

화운룡은 특히 명림에게 당부했다.

"림아, 그곳에 있으면서 네가 항주와 남경의 일들을 잘 관리
하기 바란다."

항주에는 손설효의 오빠 손형창이 해룡상단 소유의 스물
한 곳 주루와 기루들의 집합체인 해룡온유향의 총루주로 자
리를 잡고 있다.

또한 손설효와 손형창의 가문인 운영검문과 선봉의 아들
사도철이 이끌고 있는 건청문의 고수들이 해룡온유향의 호위
무사 노릇을 하면서 은밀하게 세력을 넓히고 있다.

"봉아, 효보보야. 림아를 잘 보필하도록 해라."

화운룡은 자신의 혈육 이상의 존재인 명림을 이들 무리의
우두머리로 삼았다.

선봉과 손설효는 이별이 가까워졌음을 느끼고 벌써부터 눈
이 빨개졌다.

"사부님, 부디 몸조심하세요……."

"주군의 강녕을 위해서 늘 기도하겠어요……."

          *   *   *

동이 트면 출발하기로 한 화운룡이 잠시 눈을 붙이려고 자신의 객방에 들어와 잠이 들고 얼마 지나지 않아, 명림이 찾아왔다.

명림은 바닥에 깔린 이불에 누워 있는 선봉을 보며 온화하게 미소 지었다.

"다른 곳에서 자도록 해요."

선봉은 화운룡의 제자가 된 이후부터 그림자처럼 혹은 손발이 되어 그를 돌봐왔었다.

화운룡이 아침에 눈을 뜨고 나서 잠자리에 들 때까지 선봉의 손길이 닿지 않은 적이 없었다.

또한 선봉은 술에 만취되어야지만 겨우 잠자리에 드는 화운룡이 자면서 괴로움에 심하게 몸부림치며 잠꼬대를 하면 그를 품에 안고 밤새 다독여 주었다.

오늘도 화운룡은 몹시 술에 취했으며, 그가 또 몸부림치며 잠꼬대를 할까 봐 선봉은 바닥에 이불을 깔고 누워서 잠을 청하고 있던 중이다.

"네."

명림의 말에 선봉은 온화하게 미소 지으며 방을 나갔다.

명림은 술에 만취하여 침상에 깊이 잠들어 있는 화운룡 옆에 나란히 누웠다.

동이 트면 먼 길을 떠나 언제 돌아올지 모르는 화운룡은 그녀가 옆에 누웠는지도 모른 채 깊이 잠들어 있다.

명림은 가만히 화운룡을 안고 어깨에 뺨을 기댔다.

'부디 무사히 돌아오세요.'

화운룡은 동이 트자마자 길을 떠났다.

북경에서 목적지인 합륭극사단(哈薩克斯但: 카자흐스탄)까지는 무려 사만 리의 머나먼 거리다.

서역(西域)으로 가는 상단이 중간 지역인 합륭극사단으로 가려면 하남 방향을 택하여 섬서, 감숙, 청해, 신강의 대사막을 건너는 길을 택하지만, 구태여 그럴 필요가 없는 화운룡은 산맥을 넘는 직선 거리를 선택했다.

닷새 후.

다각다각……

한 필의 인마가 산서성 북부 지역 만리장성 근처에 위치한 영무현(寧武縣)으로 들어서고 있다.

칠흑처럼 새카만 흑마 위에 앉아 있는 사람은 평범한 황의 경장을 입고 한 자루 검을 멘 화운룡이다.

영무현 성문 입구에는 천외신계 최하급 녹보 두 명이 오가는 사람들을 검문하고 있다.

화운룡은 말에서 내려 검문을 기다리는 행렬 뒤쪽에 말고

삐를 쥐고 섰다.

검문은 무림인이나 장사꾼에 한해서만 이루어지고 있다. 길게 줄을 서고 있지만 녹보들이 보기에 선량한 백성 같으면 그냥 통과시켰다.

화운룡은 평범한 무림인 복장을 하고 있지만 워낙 준수한 외모 때문에 뭇사람들의 시선을 한 몸에 받았다.

이곳 영무현은 북경에서 서쪽으로 천이백 리 정도 떨어진 제법 큰 현에 속한다.

자기 차례가 오자 화운룡은 쥐고 있던 무력신패를 꺼내 녹보에게 내밀었다.

그에게는 잠혼백령술에 제압된 자금성의 동초후가 준 동후신패가 있지만 그걸 내밀지는 않았다.

동후신패는 동초후의 대리인을 나타내는 막강한 신패라서 이런 시골 구석의 검문에 내민다면 한바탕 난리가 벌어질 것이기 때문이다.

그래서 북경 해룡상단을 통해서 구한 장거리 여행용 무력신패를 내밀었다.

그가 내민 무력신패 상단에는 '장도상(長途上)'이라는 글귀가 뚜렷하게 새겨져 있다.

즉, 글귀 그대로 무림고수가 먼 여행을 할 때 필요한 무력신패인데 '上'이라는 것은 신패를 지닌 사람의 등급을 상중하로 나누었을 때 상급이라는 뜻이다.

녹보가 무력신패를 보더니 예의를 갖추며 물었다.

"어디까지 가시오?"

"신강까지 가오."

그의 목적지는 신강에서도 만여 리나 더 가야 하지만 구태여 그런 말을 할 필요가 없다.

녹보는 무력신패를 돌려주며 미소 지었다.

"무탈하게 잘 가시오."

화운룡의 무력신패에 '상(上)'이 새겨져 있어서가 아니라 그저 먼 길을 가는 여행객에게 하는 덕담 같았다.

화운룡은 무력신패를 받아 돌아서려다가 한쪽의 어떤 광경을 보고는 걸음을 멈추었다.

검문이 행해지고 있는 성문에서 오 장쯤 떨어진 곳에 강정(崗亭: 검문소)이 있는데, 그 옆의 나무 탁자에서 세 명의 녹보가 몇 명의 아이들과 둘러앉아서 뭔가를 먹고 있었다.

낡았지만 깨끗한 옷을 입고 있는 아이들은 아주 어린 삼사 세에서 팔구 세까지 남녀 다섯 명이며, 자세히 보니까 녹보들과 밥을 먹고 있는 중이다.

그러고 보니 지금은 정오를 지나 점심 식사 시각이다. 녹보들은 어린아이들을 무릎이나 옆에 앉히고 먹을 것을 입에 넣어주거나 머리를 쓰다듬는데, 그런 모습은 누가 봐도 어여쁜 자식들에게 하는 행동이다.

화운룡이 그 광경을 물끄러미 응시하고 있자니까 방금 전에 그에게 무력신패를 돌려준 녹보가 같이 그 광경을 보며 빙그레 미소를 지었다.

"귀여운 아이들이지 않소?"

"저들의 자식이오?"

"그렇지 않소. 저 아이들은 부모가 없으며 갈 곳 없는 고아들인데 우리가 당분간 키우고 있소."

화운룡은 뜻밖이라는 표정을 지었다.

"왜 부모가 없소?"

녹보는 성문 바깥쪽을 가리켰다.

"보다시피 여긴 국경지대요. 지금은 없어졌지만 예전에는 명나라 국경수비대가 주둔했었고 그들은 이곳에서 둔경(屯耕)을 하며 가정을 꾸리고 있었소. 그런데 이따금 이민족들이 쳐들어와서 싸움이 벌어지는데, 그때마다 군사가 죽고 고아가 발생하는 것이오."

둔경이란 나라에서 국경수비대 군사 각자에게 분배한 소규모 밭을 가리킨다.

군사들은 훈련이나 싸움이 없는 평상시에는 밭을 경작하여 거기에서 나오는 소출로 가족을 부양한다.

국경수비대에 장기 주둔을 하면 고향에서 가족을 불러오기

도 하고 미혼인 경우에는 이 지역의 여자를 만나 혼인을 하여
새로운 가정을 만들기도 한다.

"아버지가 죽었다고 해도 어머니가 있을 텐데 어째서 고아
가 생긴다는 말이오?"

화운룡의 말에 녹보가 쓸쓸한 표정을 지었다.

"군사인 아버지가 전사할 경우에는 나라에서 지급했던 둔
경을 거두어 가오. 그래서 남아 있는 가족의 생계가 막막해지
기 때문에 여자가 아이들을 두고 재혼을 하거나 버리고 멀리
떠나는 경우가 이따금 발생하오."

그렇게 해서 생긴 고아들을 이곳의 녹보들이 돌보고 있다
는 것이다. 가끔 밥을 주는 정도가 아니라 아예 키우고 있다
는 얘기다.

중원의 큰 도읍이나 현에서 고아가 생기더라도 나라에서
거두는 제도 같은 것은 전무하다.

그렇더라도 워낙 문물이 번성한 그런 곳에서는 어떻게든 고
아들이 살아나가게 마련이다.

하지만 이런 변방 국경지대에서 생긴 고아들은 누가 거두지
않으면 굶어 죽을 수밖에 없는 처지다.

"저 아이들은 왜 저기에서 밥을 먹는 것이오?"

녹보가 벙긋 미소 지었다.

"우리들 식사 시간에 맞춰서 아이들이 오는 것이오. 그래야

지만 나누어 먹을 수가 있소."

"이곳 영무현에 저런 아이들이 몇 명이나 되오?"

녹보는 화운룡이 고아들에게 관심을 갖는 것이 기쁜지 열심히 설명했다.

"다 합치면 삼십 명쯤 되오."

이곳 강정에는 다섯 명의 녹보가 지키고 있다.

"당신들 한 명이 고아 한 명씩을 맡은 것이오?"

녹보는 손을 저었다.

"에구……! 우리 같은 하급 능력으로 고아 한 명씩 맡는 것은 어림도 없는 일이오. 이곳 지부 전체에서 고아 삼십 명을 도맡고 있소."

"지부에서 말이오?"

"그렇소. 이곳 지부에 백 명이 주둔하고 있으며 그들이 십시일반으로 돈을 거두고 끼니때마다 밥을 덜어서 삼십 명의 아이들을 먹이고 있지만 늘 부족하오."

"지부의 우두머리가 그걸 허락한 것이오?"

녹보는 벙긋 웃었다.

"고아들을 모두 거두어서 성심껏 키우라고 명령한 분이 바로 우리 지부장(支部長)이오."

"이민족이 한족 고아들을 거두어 키운다는 말이오?"

녹보는 어허! 이 사람이 무슨 말을? 하는 표정으로 두 손을 허리에 얹고 한 수 가르치려는 자세를 취했다.

"아이들이 굶주리며 헐벗고 있으면 어른 된 도리로 어느 누구라도 도움을 주어야 마땅한데 이민족, 한족을 따지는 것은 우매한 짓이오."

화운룡은 삼십오륙 세 나이에 강단 있는 외모를 지닌 녹보가 열을 올리며 설명하는 것을 쳐다보았다.

"우리 쪽에서 보면 한족이 오랑캐이고 한족이 보면 우리가 오랑캐요. 사람이란 생김새는 조금씩 달라도 다 똑같소. 태초에는 한 민족이었을 것이라는 얘기요."

그때 밥을 다 먹은 여자아이 하나가 녹보에게 '아저씨!'라고 부르면서 달려와 안겼다.

녹보는 대여섯 살 먹은 여자아이를 안고 머리를 쓰다듬으면서 자상하게 물었다.

"미미야, 많이 먹었니?"

"응! 아저씨도 가서 밥 먹어."

"오냐, 알았다."

화운룡은 녹보와 아이들이 식사를 하고 있는 낡은 나무 탁자에 더 이상 먹을 것이 남아 있지 않은 것을 보았다.

아마도 검문을 하고 있는 이들 녹보 두 명은 오늘 점심을 굶을 생각인 것 같다. 자신들이 먹을 밥을 아이들에게 양보한 모양이다.

화운룡은 여자아이를 안고 있는 녹보에게 지나가는 말처럼 물었다.

"이름이 무엇이오?"

"미미요. 이름이 얼굴만큼 예쁘지 않소?"

"당신 이름 말이오."

"아… 흘손(屹巽)이오."

녹보 흘손은 여자아이에게 목말을 태우고 노느라 더 이상 화운룡에게 신경을 쓰지 않았다.

화운룡은 이곳 영무현에서 하룻밤 묵기로 했다.

북경을 떠난 지 닷새 만에 말을 타고서 천여 리를 왔으면 꽤 많이 온 셈이다.

천외신계에 가는 일은 서둘러서 될 일이 아니다.

그는 객점을 잡고 이른 저녁 식사를 할 겸 거리로 나섰다.

북경이 있는 하북성과 산서성의 접경지대를 남북으로 천여 리나 길게 가로막고 있는 오대산(五臺山) 서쪽 자락에 위치한 영무현은 산악지대라서 중원보다 반시진 정도 빨리 밤이 찾아온다.

변방답지 않게 제법 번화한 영무현 거리는 활기가 넘치고 있으며 사람들의 웃음소리가 여기저기에서 들렸다.

주루를 찾던 화운룡은 문득 한 곳에 시선이 멈추었다.

거리의 상점들이 늘어선 중간에 상점이 아닌 곳이 한 군데 있는데, 현판에 '천신영무지부'라고 적혀 있는 것을 보니 저곳이 천외신계 영무지부인 듯했다.

걸음을 멈추고 잠시 생각에 잠겼던 화운룡은 다시 걸음을 옮겨 영무지부로 향했다.

한족 고아를 삼십여 명이나 거두어서 정성껏 키우고 있다는 천외신계 변방의 일개 지부장이 어떤 인물인지 한번 만나보고 싶었다.

"지부장을 만나고 싶소."

"잠시 기다리시오."

화운룡이 영무지부 입구를 지키고 있는 한 명의 녹보에게 말을 건네자 그는 잠시 기다리라는 말을 남기고는 즉시 안으로 들어갔다.

화운룡은 조금 어이없는 기분이 들었다. 일개 현을 담당하는 지부의 입구를 고작 녹보 한 명이 지키고 있다는 사실도 뜻밖이지만, 지부장을 만나고 싶다는 말에 녹보가 이유도 묻지 않을뿐더러 화운룡의 모습조차 제대로 살피지 않고 안으로 달려 들어간 사실이 매우 신선했다.

사분지 일각쯤 지났을 때 입구를 지키던 녹보와 이십칠팔 세가량의 청년 한 명이 밖으로 나왔다.

키가 후리후리하게 크고 선한 인상에 서글서글한 청년은 화운룡 앞에 마주 섰다.

"내가 이곳 책임자요. 나를 보자고 했소?"

화운룡은 단도직입적으로 물었다.

"저녁 식사 했소?"

지금 시각은 유시(酉時: 오후 6시경)가 조금 못 됐다.

"아직 하지 않았소."

"같이 하겠소?"

지부장은 키가 꽤 큰 편인 자신보다 반 뼘 정도 더 크고 눈이 부실 정도로 잘생긴 화운룡을 쳐다보다가 물었다.

"귀하가 사는 것이오?"

"물론이오."

지부장은 밝게 웃었다.

"하하하! 요즘 돈이 궁해서 말이오."

화운룡은 지부장이 삼십여 명의 고아들을 키우느라 녹봉을 다 써서 돈이 없을 것이라고 짐작했다.

화운룡이 넌지시 물었다.

"혹시 흘손이라는 사람을 아시오?"

아까 검문소에서 화운룡과 대화를 나누었던 녹보 이름이다.

지부장은 가볍게 놀랐다.

"물론 아오. 귀하는 그를 어떻게 아시오?"

화운룡은 빙긋 미소 지었다.

"우린 약간의 친분이 있소. 혹시 그와 그의 조원들이 오늘 일과가 끝났으면 같이 저녁 식사를 하는 것은 어떻소?"

지부장은 환한 표정으로 고개를 끄떡였다.

"그들의 일과는 끝났소. 나도 내 동료들과 같이 저녁 식사를 한다면 그보다 기쁜 일이 없소."

그는 수하들을 동료라고 불렀다. 그로 미루어 그는 겸손할 뿐더러 수하들을 내 몸처럼 아끼는 상전이 분명했다.

그 즉시 지부장은 입구를 지키던 녹보에게 흘손 등을 불러오라고 지시했다.

잠시 후에 흘손을 비롯하여 아까 성문에서 검문을 하던 조원 다섯 명이 밖으로 나왔다.

"무슨 일입니까, 지부장님?"

지부장이 화운룡을 가리켰다.

"이 사람이 우리에게 저녁 식사를 사겠다고 한다."

흘손은 화운룡을 알아보고 깜짝 놀랐다.

"아니… 귀하는?"

화운룡이 빙그레 미소 지었다.

"내가 밥을 사겠다는데 이상하오?"

흘손이 환하게 웃더니 이내 정색을 했다.

"밥만 사고 술을 사지 않으면 정말 이상할 것이오."

이곳 천신영무지부에는 천외신계에서 제일 시원시원한 사람들만 뽑아서 모아놓은 것 같다.

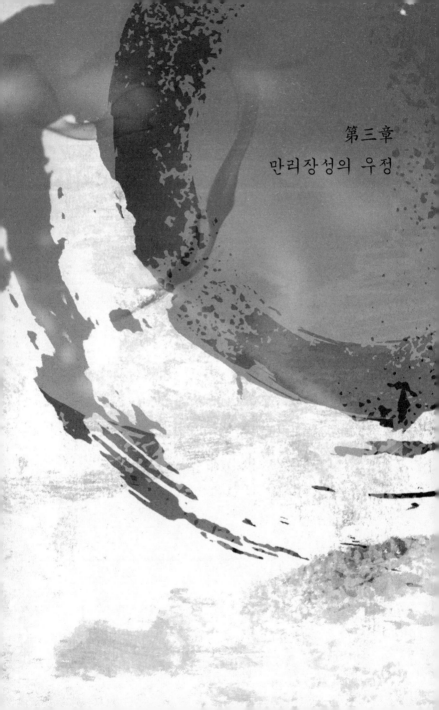

第三章
만리장성의 우정

　저 유명한 강 분수(汾水)가 영무현이 중턱에 자리를 잡고 있
는 운중산(雲中山)에서 시작된다는 사실을 알고 있는 사람은
의외로 많지 않다.

　분수는 길이가 천오백여 리에 이르고 산서성 최북단에서
최남단까지 남쪽으로 흐르다가 하남과 섬서의 접경지대에서
황하에 유입된다.

　영무현에서 내로라하는 유명한 주루와 기루들은 죄다 경치
가 아름다운 분수 강가에 자리를 잡고 있다.

　가파른 절벽 위에 줄지어 늘어선 이십여 채의 규모가 큰 주

루와 기루들 중에서 가장 크고 유명한 주루에 화운룡이 지부
장과 흘손 등을 이끌고 들어갔다.

분수를 한눈에 굽어보는 최고로 좋은 방에서 최고로 좋은
요리와 술을 먹게 된 지부장과 흘손 등은 요리에는 손도 대지
않고 어리둥절한 얼굴로 화운룡을 바라보았다.

"이유나 알고 먹읍시다."

처음에는 그저 현 내의 평범한 주루에서 그저 그런 저녁
식사나 할 것이라고 짐작했다가 한 끼 식사에 은자 스무 냥
이상은 족히 나올 어마어마한 상을 대하자, 지부장이 정색하
며 화운룡에게 말했다.

화운룡은 조용히 말했다.

"삼십여 명의 고아들을 거두어 키우는 이유가 무엇이오?"

지부장은 대수롭지 않게 대답했다.

"이유라고 할 것이 있겠소? 내가 주둔하는 곳에 고아들이
있으니까 거둔 것뿐이오."

화운룡은 고개를 끄떡였다.

"내가 그대들에게 술을 사는 이유도 그것과 비슷하오. 내가
지나가는 곳에 그대들 같은 의인이 있으며 또 내 눈에 띄었으
니까 마음에 들어서 밥과 술을 사는 것뿐이오. 그게 뭐가 잘
못됐소?"

"허어……."

지부장과 흘손은 한 대 얻어맞은 것 같은 표정을 지었지만 마음에 쏙 드는 대답을 들었다.

흘손을 비롯한 조원들은 화운룡의 말에 감격한 듯한 표정인데 지부장이 정중히 포권을 하며 말했다.

"다른 사람에게 칭찬을 들으려고 고아들을 거둔 것이 아닌데 이렇게 귀하에게 대접을 받으니 가슴이 훈훈하오. 이런 것을 보더라도 우리가 아이들을 키우는 일은 정말 잘한 일인 것 같소이다."

화운룡은 마주 포권을 하고 진심 어린 표정을 지었다.

"나는 비록 지나는 길이지만 그대들을 만나서 매우 기분이 좋소. 오늘은 실컷 마십시다."

지부장은 호탕하게 웃었다.

"하하하! 귀하의 명령에 따르겠소!"

그는 두 손을 비비면서 탁자에 가득한 요리들과 술을 둘러보며 침을 흘렸다.

"으흐흐… 나는 태어나서 이런 진수성찬은 처음이오. 무엇부터 먹어야 할지 고민이오."

"귀하는 영무현의 지부장으로서 마음만 먹으면 이곳의 유지들이 설설 길 텐데 어째서 궁핍한 것이오?"

지부장은 화운룡이 자신이 내민 잔에 술을 천천히 따르는 것이 감질나는 듯한 표정을 지으며 대답했다.

"우리는 이곳의 치안 유지와 민생을 돌보려고 온 것이지 백성을 괴롭히러 온 것이 아니오."

"그것은 귀하 개인의 뜻이오?"

지부장은 우선 술부터 입속에 쏟아부었다.

"크으… 이런 기막히게 맛있는 술은 처음 마셔보오."

그는 감탄하면서 손등으로 입을 닦으며 말했다.

"어찌 그것이 내 개인의 뜻이겠소? 그것은 여황 폐하의 엄명이시오. 본국의 고수나 무사, 군인을 막론하고 어느 누구라도 이유 없이 무고한 사람을 죽이거나 괴롭힌다면 엄벌에 처하도록 되어 있소."

화운룡은 뜻밖의 사실을 알게 되어 그저 가볍게 고개를 끄떡이며 들었다.

"우린 수백 년 동안 나라 없이 이곳저곳에서 억압을 받으면서 살아왔기에 핍박받는 서러움을 누구보다 잘 알고 있소."

술에 환장한 것 같던 지부장이 술잔을 내려놓고 자못 진지한 표정을 지었다.

"우린 명나라를 멸망시키긴 했지만 이 나라를 억압하면서 지배하려는 생각이 아니오. 그저 이들과 섞여서 함께 평화롭게 살고 싶을 뿐이오."

화운룡은 묵묵히 술을 마시고 있지만 내심으로는 고개를

끄떡이면서 공감했다.

'천외신계는 이 땅의 역대 그 어느 왕조보다 백성들을 잘 다스리고 있군.'

그때 지부장이 몹시 조심스러운 표정을 지었다.

"혹시 귀하는 본국이나 총부(總部)에서 오신 감찰령(監察令)이 아니시오?"

"왜 그렇게 생각하오?"

"자꾸 꼬치꼬치 캐물으니까 의심이 드오."

만약 그런 의심이 든다면 이보다는 훨씬 조심스러워야 하고 또 그런 사실을 입 밖에 내서는 안 되는데도 지부장은 말하는 것이 거침없다.

화운룡의 오랜 경험에 의하면 이런 사람은 진정한 호걸일 수밖에 없다.

"지부에서 고아를 거두어 키우는 일은 규칙에 위배되오?"

화운룡의 물음에 지부장은 강하게 고개를 가로저었다.

"절대 그렇지 않소."

화운룡은 빙그레 미소 지었다.

"나는 천신국 사람이 아니오."

지부장은 고개를 끄떡였다.

"그렇소. 당신 외모는 전형적인 한족이오."

"한족이 감찰령이 될 수 있소?"

단순한 성격인 듯한 지부장은 환하게 웃었다.

"아니오. 내가 잘못 생각했소. 술이나 마십시다."

화운룡과 지부장, 흘손 등 일곱 명은 마치 오랜 지기인 것처럼 주거니 받거니 술을 마시면서 대화를 나누었다.

그런데 지부장과 흘손 등은 술을 마시면서도 줄곧 자신들이 키우고 있는 아이들에 대한 얘기를 많이 했다.

어떤 아이가 감기에 걸렸다느니, 이제 가을이 본격적으로 시작되면 아이들 겨울옷을 장만해야 한다느니, 좁은 데다 환경이 좋지 않은 지부에서 삼십여 명의 아이들을 키우는 것은 좋지 않다는 식의 잡다한 내용들이었다.

자기들끼리만 아이들에 대해서 대화하는 것이 미안했던지 흘손이 화운룡에게 물었다.

"실례지만 귀하는 무엇 하러 신강까지 가시오?"

아까 검문을 할 때 화운룡이 신강에 간다고 한 말을 기억하고 있는 것이다.

"뭔가 돈 될 것이 없는지 알아보러 가오."

흘손이 뜻밖이라는 표정을 지었다.

"상인이시오?"

화운룡은 대충 둘러댔다.

"그렇소. 신강에 괜찮은 특산물 같은 것들이 있는지 알아보려는 것이오."

천하에 짝을 찾아보기 어려울 정도의 용모에 검까지 메고
있어서 영락없는 무사로 보이는 그가 장사꾼이라는 말에 다
들 놀라는 표정이다.

화운룡은 점소이를 시켜서 주루 주인을 불러놓고 지부장에
게 넌지시 말했다.

"그대들이 차린 밥상에 나도 숟가락 하나 얹고 싶은데 허락
해 주겠소?"

"무슨 뜻이오?"

지부장은 화운룡의 말을 이해하지 못했다.

화운룡은 빙그레 미소 지었다.

"그대들이 고아들을 키우는 일에 나도 십시일반 보태고 싶
다는 얘기요."

"아……."

그렇지 않아도 한 푼이 아쉬운 터라서 지부장과 흘손 등은
반색했다. 그렇다고 해도 화운룡이 얼마 정도 돈을 보탤 것이
라고 짐작했다.

지부장이 손을 저었다.

"먼 길을 가는 나그네는 돈이 많이 드는데 무리하지 마시
오. 고마운 마음만 감사히 받겠소."

흘손 등도 고개를 끄떡이며 동조했다.

그때 주루 주인이 왔다.

"부르셨습니까?"

가장 좋은 방에서 훌륭한 요리와 술을 많이 주문하는 손님은 흔하지 않으므로 주인은 깍듯했다.

화운룡은 이곳 오색각(五色閣)이라는 조금은 특이한 이름의 주루가 해룡상단 소속이라는 사실을 알고서 일부러 이곳에 온 것이다.

화운룡은 주루 주인을 따로 불러서 얘기할 수도 있었으나 자리를 뜨고 싶지 않았다.

"나는 해운상단에서 왔소."

주루 주인은 깜짝 놀라서 눈을 커다랗게 떴다. 남경에 있는 해운상단은 화운룡의 큰누나 화문영이 눈속임으로 세운 가짜 상단이며 실제로는 해룡상단의 총단이다.

그리고 해운상단의 실체를 알고 있는 사람은 해룡상단 사람들뿐이다.

"아아……!"

주루 주인에게 후폭풍이 몰아쳤다. 그는 처음에 해운상단이라는 말에 깜짝 놀랐다가, 그것이 지니고 있는 거대한 의미와 그곳에서 온 사람이 어떤 존재일지 상상하고는 몸을 부르르 격렬하게 떨었다.

[그대로 서 있으시오.]

주루 주인이 그 자리에서 부복하려는데 화운룡의 전음이 그를 제지했다.

주루 주인은 화운룡이 누군지 비로소 깨닫고는 기쁨과 감격으로 인하여 왈칵 눈물을 쏟았다.

그는 단 한 번도 비룡공자를 실제로 본 적이 없었지만 그의 용모에 대해서, 그리고 그가 얼마나 위대한 인물인지는 귀에 딱지가 앉을 정도로 많이 들었다.

지부장과 흘손 등은 갑자기 몸을 떨면서 소리 죽여 오열하는 주루 주인을 보면서 이상하게 생각했다.

화운룡은 주루 주인의 팔을 잡고 옆자리에 앉히며 지부장 등에게 설명했다.

"오랜만에 만나서 반가운 모양이오."

화운룡이 어깨를 다독이자 오십 대 주루 주인은 감동하여 더욱 눈물을 쏟았다.

지부장이 의아한 표정으로 물었다.

"귀하는 주인과 어떤 관계요?"

"이 주루는 내가 속한 해운상단에서 운영하는 것이오."

"아……."

지부장과 흘손 등은 크게 놀랐다. 그들은 해운상단이라는 이름을 들어본 적이 없지만 영무현에서 가장 큰 오색각을 소유할 정도면 제법 큰 상단이라는 생각이 들었다.

주루 주인의 격했던 감정이 수그러들기를 기다렸다가 화운룡이 지부장에게 말했다.

"이제부터 이곳 주루에서 그대들을 도울 것이오."

화운룡은 착한 사람들에게 선물을 남겨주고 싶었다.

지부장과 흘손 등은 몹시 기대하는 표정이다.

"아이들이 마음 놓고 편하게 지낼 수 있는 집이 필요하지 않겠소?"

지부장은 뜻밖의 말에 깜짝 놀랐다.

"그… 렇기는 하지만……."

"아이들을 돌볼 숙수와 유모, 하녀들이 있으면 좋겠군."

지부장은 더욱 당황했다.

"그… 그야… 너무 과분한 바람이오."

화운룡이 울음을 거의 그친 주루 주인의 어깨를 두드리며 지부장을 가리켰다.

"이들은 천신영무지부 사람들이며 영무현의 고아 삼십여 명을 거두어 키우고 있는데 우리가 좀 도와야겠소."

"알겠습니다."

원래 사업 수완이 뛰어난 주루 주인은 화운룡의 말을 즉시 알아들었으며 그에게 이 정도 일은 아무것도 아니다.

"현 내에 깨끗하고 아담한 장원 한 채와 아이들을 돌볼 숙수, 유모, 하녀 십여 명을 고용하여 천신영무지부에 헌납하도록 하겠습니다."

"……"

지부장과 흘손 등은 귀신에 홀린 듯한 표정을 지으며 말문이 막혀 버렸다.

그들은 화운룡이 얼마간의 돈을 보조하는 정도일 것이라고 예상했지 이 정도로 엄청난 지원을 해줄 것이라고는 꿈에도 생각하지 못했다.

"그리고 매월 은자 삼백 냥을 지원하겠습니다."

"조금 더 쓰시오."

화운룡이 넌지시 한마디 하자 주루 주인은 당황했다.

"오… 백 냥을 지원하겠습니다."

오색각은 평균 매월 은자 오만 냥 정도의 수입을 올리니까 은자 오백 냥은 푼돈이라고 할 수 있다.

현재 천신영무지부에서는 삼십여 명의 고아들을 위해서 매월 은자 이십 냥 정도를 사용하고 있는데, 만약 오백 냥을 지원받는다면 더 많은 고아들을 거두어서 모두를 호의호식시킬 수가 있다.

화운룡이 지부장을 보며 물었다.

"그 정도면 되겠소?"

지부장이나 흘손 등은 이 일이 쉽사리 믿어지지 않았다.

"정말이오?"

화운룡은 주루 주인의 어깨에 손을 얹고 미소 지었다.

"뜨내기인 나를 믿지는 못하겠지만 오색각주는 믿을 수 있지 않겠소?"

영무현에서 손가락으로 꼽을 정도의 유지인 오색각주를 믿지 못한다면 말이 되지 않는다.

지부장은 화운룡과 오색각주를 번갈아 쳐다보고 나서 신음처럼 중얼거렸다.

"음… 너무 엄청난 일이라서 믿어지지가 않소."

화운룡은 오색각주에게 지부장을 가리켰다.

"그 외에도 이 사람이 필요한 것이라면 돈을 아끼지 말고 돕도록 하시오."

"알겠습니다."

지부장은 복잡한 표정으로 땀을 뻘뻘 흘리더니 갑자기 벌떡 일어나서 화운룡에게 포권을 하며 꾸벅 허리를 굽혔다.

"나는 동천국의 무장 효궁(曉弓)이오!"

화운룡도 일어나서 마주 포권했다.

"화운룡이오."

본명을 밝혔지만 설마 그가 대명이 쟁쟁한 비룡공자일 것이라고는 아무도 생각하지 않았다.

사실 화운룡이 태양이라면 지부장 효궁은 반딧불이 같은 존재라서 비교조차 할 수가 없다.

그렇지만 화운룡은 효궁을 무림인으로서가 아니라 한 명의 인간, 그것도 선한 인간으로 보기에 격의를 두지 않고 평수로 대하는 것이다.

흘손을 비롯한 다섯 명의 조원들도 일어나서 한 명씩 차례로 포권을 하며 제대로 인사를 했으며 화운룡도 일일이 화답해 주었다.

오색각주는 그런 광경을 지켜보면서 화운룡을 더욱 존경하게 되었다.

화운룡이 사람을 신분이나 무공으로 따지지 않고 인간 대 인간으로 대하고 있는 광경을 목격하고 있기 때문이다. 더구나 상대는 천외신계 사람인데 말이다.

효궁이 포권을 풀지 않고 화운룡을 향해 열띤 표정으로 우렁차게 말했다.

"귀하가 괜찮다면 나는 귀하와 친구가 되고 싶소!"

화운룡은 환하게 웃었다.

"좋소."

그는 흘손 등에게 제의했다.

"그대들도 나하고 친구가 됩시다."

"그… 그래도 되오?"

흘손과 조원들은 기뻐서 펄쩍 뛰었다.

효궁이나 흘손은 처음엔 화운룡을 외모가 번지르르하고

서글서글한 청년 무사 정도로만 여겨서 호감을 느꼈었다.

그런데 시간이 흐를수록 그에게서 발산되는 여러 가지 깊은 매력에 빠지지 않을 재간이 없었다.

그때부터 화운룡과 효궁을 비롯한 일곱 사람은 마치 몇 년 동안이나 사귀어온 친구처럼 거리낌 없이 서로 이름을 부르면서 술을 마셨다.

*　　　　*　　　　*

술자리는 해시(亥時: 밤 10시경)가 됐는데도 끝나기는커녕 점점 더 무르익었다.

효궁과 흘손 등은 고아들의 일이 말끔하게 해결된 것보다 화운룡 같은 훌륭한 청년을 친구로 얻었다는 사실 때문에 기쁨을 주체하지 못했다.

"내 생각인데 말일세."

옥봉 때문에 언제나 술이 그리운 화운룡은 이미 거나하게 취한 상태다.

"뭔지 말해보게."

화운룡보다 더 취한 효궁이 벌건 얼굴로 말했다.

"남편을 잃고 혼자서 아이들을 키우는 어머니들도 구제해야 마땅하네."

"그렇지!"

효궁은 무릎을 쳤다.

흘손이 손짓을 해가면서 목청을 높였다.

"남편을 잃은 여인들이 자식을 버리고 떠나 버리면 그 자식들이 고아가 되는 거니까 미리 손을 쓰는 것은 정말 훌륭한 생각일세! 과연 화 형 자넨 최고야……!"

화운룡은 미소 지은 채 고개를 끄떡이며 술자리에 합세한 오색각주에게 지시했다.

"이들이 남편을 잃고 홀로 아이를 키우는 여인을 찾아내면 매달 일정 금액을 지원하시오."

"알았습니다."

"그리고 효궁과 흘손을 비롯한 천신영무지부 사람들과 고아들, 혼자 자식을 키우는 여인들에게는 주루를 개방하여 언제든지 무료로 식사를 할 수 있도록 하시오."

"분부 받들겠습니다."

괜히 신바람이 난 오색각주가 마치 황제의 명을 받드는 신하 같은 동작을 취했다.

그다음에는 효궁과 흘손 등이 고향 동천국에 두고 온 아내와 자식, 부모와 형제들에 대한 얘기로 화제가 넘어갔다.

"지부장! 여기에 계셨군요!"

다들 고주망태가 됐을 무렵에 방으로 녹보 한 명이 다급하게 뛰어들며 소리를 질렀다.

"어… 왜 그러느냐?"

효궁은 몸을 제대로 가누지 못할 만큼 만취해서 상체를 흔들거리며 게슴츠레한 눈으로 녹보를 쳐다보았다.

녹보는 만취한 효궁을 보며 난감한 표정을 지으면서 급히 보고했다.

"지부장! 지금 이러고 계실 때가 아닙니다! 북혈단(北血團)과 화양족(火煬族)이 합세해서 대거 쳐들어오고 있다는 척후의 보고입니다!"

취기로 붉어진 효궁의 눈이 커졌다.

"무엇이?"

"척후에 의하면 놈들 수는 천오백여 명이며 만리장성 너머 사십여 리까지 남하하고 있는 중이라고 합니다! 어서 지부로 가셔야 합니다!"

"그, 그래야지……!"

당황한 효궁은 자리에서 일어나는데 몸을 가누지 못하고 쓰러지려는 듯 비틀거렸다.

"으으… 이거 너무 취했다……."

그는 쓰러지지 않으려고 급히 짚은 탁자와 함께 바닥에 나뒹굴었다.

우당탕! 와장창!

북혈단은 영무현을 중심으로 인근 삼백여 리 일대의 방파와 문파들이 규합한 조직이며 그들의 목적은 천외신계를 공격하여 빼앗긴 땅을 회복하는 것이다.

그리고 화양족은 여진족의 한 갈래인 올량합(兀良哈: 오랑캐)에서 갈라져 나온 족속으로 영무현에서 삼백여 리 북쪽 내몽고 수원성(綏遠省) 음산(陰山) 일대에 살고 있는데, 걸핏하면 만리장성을 넘어서 남하하여 현이나 촌락의 민가를 약탈하는 것으로 유명하다.

화양족이 휩쓸고 지나간 마을에는 개 한 마리 살아남지 못하며 젊은 여자들은 모조리 납치하여 끌고 가서 강간하고 강제로 부인이나 첩으로 삼는다고 한다.

화양족도 화양족이지만 북혈단은 전부 무림고수들로 이루어져 있어서 천신영무지부만으로 그들을 막아내는 것은 불가능한 일이다.

"으으… 이… 이거 몸이 말을 듣지 않는다……."

바닥에 쓰러져서 버둥거리고 있는 효궁의 머릿속에는 북혈단과 화양족이라는 말이 뱅뱅 돌고 있는데 도무지 몸이 말을 들어주지 않았다.

그때 간단하게 자신의 취기를 몰아낸 화운룡이 효궁을 일으켜 주면서 그의 팔을 잡아 체내에서 취기를 깡그리 뽑아 날려 버렸다.

"아……"

효궁은 갑자기 정신이 번쩍 들었다. 머릿속은 막 잠에서 깬 것처럼 맑고 기분은 더없이 상쾌했다.

방금 전까지 머릿속이 흙탕물 같고 몸이 흐느적거렸다는 사실이 믿어지지 않았다.

화운룡은 흘손 등 다섯 명도 취기를 배출시켜 주었다.

모두들 정신이 말짱해졌지만 워낙 다급한 상황인지라 갑자기 술이 깬 이유에 대해서는 왈가왈부하지 않았다.

효궁은 보고하러 온 녹보에게 물었다.

"다시 말해봐라. 북혈단과 화양족이라고 했느냐?"

"그렇습니다. 현재 만리장성 북쪽 사십 리까지 남하하고 있다는 척후의 보고입니다."

"몇 명이라고?"

"천오백 명입니다."

"음……"

효궁의 얼굴이 보기 싫게 일그러졌다가 급히 화운룡을 쳐다보았다.

"화 형, 중요한 일이 생겨서 먼저 가봐야겠네. 또 만나세."

화운룡은 복도를 달려가는 효궁과 흘손 등을 뒤따라갔다.

"나도 가겠네."

"화 형……."

화운룡이 진지하게 말했다.

"나도 칼을 쓸 줄 아니까 도움이 될 수 있을 걸세."

효궁과 흘손 등은 크게 감격하여 말을 잇지 못했다.

효궁과 흘손 등이 서둘러서 현 내의 천신영무지부에 도착했을 때에는 지부 휘하 백여 명이 이미 만반의 준비를 갖춘 채 기다리고 있었다.

화운룡이 나중에 안 사실이지만 지부장인 효궁의 계급은 천외신계 색성칠위 최하급인 녹성족에서 제일 높은 삼녹성이며 녹정(綠精)이다.

영무지부에는 양녹성인 녹사가 두 명 있고, 나머지는 전부 일녹성인 녹보다.

그리고 녹성족에서 전투만을 위해 길러진 녹투정수가 다섯 명 있는데 지부장인 효궁 휘하다.

전투 채비를 갖춘 효궁은 돌계단 위에 우뚝 서서 아래쪽에 도열한 수하들을 굽어보며 비장하게 외쳤다.

"절대로 적들이 만리장성을 넘지 못하도록 막아야 한다. 모두 목숨을 걸어라!"

만리장성을 넘으면 지척에 영무현이 있다. 그들이 영무현에 들이닥치면 무슨 일이 벌어질지 보지 않아도 뻔하다.

효궁은 그 말만 하고 돌계단에서 내려와 선두에서 수하들을 이끌고 영무지부를 나섰다.

효궁 이하 전원은 만리장성을 넘어 북쪽으로 전력을 다해서 달렸다.

효궁이 선두를 부지부주에게 맡기고 후미에서 따르고 있는 화운룡에게 왔다.

"화 형, 촌각을 다투는 상황이고 내가 지휘자라서 앞서 달릴 수밖에 없네. 자네가 뒤처지게 되면 그냥 현으로 돌아가도록 하게."

효궁은 장사꾼인 화운룡을 일개 무사 정도 수준으로 봤다. 그런 그가 돕겠다고 나서준 것만으로도 고마워서 눈물이 날 지경이다.

하지만 할 수만 있으면 화운룡을 지켜주고 싶다. 이 싸움에서 그는 큰 도움이 되지도 못할뿐더러 자칫 아까운 목숨을 잃기 십상이기 때문이다.

화운룡은 후미에서 느릿하게 경공을 전개하여 달리고 있지만 공력의 일 푼도 사용하지 않았다.

"내 걱정은 하지 말게. 그런데 어떻게 할 계획인가? 적은 천오백여 명이나 된다는데 말이야."

효궁은 결연한 표정을 지었다.

"내게 생각이 있네. 중요한 것은 적들보다 그 지점에 먼저 도착해야 한다는 걸세."

다행히 효궁이 이끄는 천신영무지부의 녹성고수들은 그가 말한 그 지점에 적들보다 먼저 도착했다.

그곳은 만리장성 너머 북쪽으로 십이삼 리쯤에 위치한 절곡(絶谷)이었다.

양쪽으로는 수십 장 높이의 깎아지른 암벽이 밤하늘 높이 치솟아 있으며, 절곡의 폭은 이 장에 불과해서 마차 한 대가 겨우 지날 정도다.

효궁의 작전이라는 것은 이 절곡만 굳건하게 지키기만 하면 적들이 천오백여 명이든 만여 명이든 절대로 영무현으로 갈 수 없다는 것이다.

말하자면 이 절곡은 영무현으로 가는 유일한 길이다. 산을 돌아서 가려면 사나흘 정도 걸리고, 암벽이 너무 가파르고 높아서 절대로 넘을 수가 없다.

효궁은 그 절곡에 자신을 비롯한 두 명의 부지부주, 다섯 명의 녹투정수를 선두에 일렬횡대로 두고, 그 뒤에 일 장 간격으로 한 줄에 열 명씩 횡대로 아홉 줄을 만들었다.

그렇게 정확하게 구십팔 명이 결사의 각오로 무기를 뽑아 쥐고 절곡을 틀어막았다.

그러나 이 싸움은 이미 결과가 훤히 나와 있다. 효궁을 비롯한 녹성고수 각자가 적 열다섯 명을 상대해서 싸워야 하는 싸움이기 때문이다.

그런데도 효궁 이하 모두의 얼굴에는 결코 두려운 표정이 일절 떠올라 있지 않았다.

그들의 얼굴에 떠올라 있는 것은 결사의 각오뿐이다.

효궁은 돌아가지 않겠다는 화운룡을 어쩔 수 없이 맨 뒤 열 번째 줄에 배치시켰다.

화운룡이 속한 줄에는 흘손을 비롯한 다섯 명의 조원들이 나란히 서 있는데, 그들의 얼굴에는 비장한 각오가 떠올라 있을지언정 두려운 표정은 전혀 없었다.

화운룡은 가장자리로 나와서 맨 앞줄의 효궁에게 갔다.

화운룡이 자신의 옆으로 다가오자 효궁이 진지한 얼굴로 뒤를 가리켰다.

"운룡, 자넨 뒤로 가 있게."

화운룡은 담담하게 대꾸했다.

"효 형, 어쩌면 내가 자네보다 고강할지 모르네."

효궁은 뜻밖이라는 표정을 지으며 화운룡을 쳐다보았다. 그러나 그는 비록 잠시 같이 있어봤지만 화운룡이 거짓말을 하지 않는다는 사실을 잘 알고 있다. 그래서 여태까지보다는 다소 안도하는 표정을 지었다.

"자네 말을 믿겠네. 그래도 이건 우리들의 싸움일세. 애꿎은 자네가 죽게 내버려 둘 수 없네."

화운룡은 빙그레 미소 지었다.

"죽지 않겠다고 약속하겠네."

"자네……."

효궁은 더 말하려다가 그만두었다. 화운룡에게서 뭔가 설명하기 어려운 신비함 같은 것을 느꼈기 때문이다. 어쩌면 그가 말한 것처럼 쉽게 죽지 않을 수도 있을 것 같다는 생각, 아니, 믿음이 생겼다.

"그보다 북혈단에 대해서 설명해 주게."

효궁은 잠시 어두운 전방을 쏘아보면서 적들이 오지 않는지 살폈다.

화운룡이 감지한 바로는 적들은 오 리쯤 전방에서 요란한 파공음을 내면서 남하하고 있는 중이라서 아직 얘기를 나눌 시간이 있다.

효궁은 씁쓸한 표정을 지으며 설명했다.

"산서성 북쪽 지역의 이십여 개 방파와 문파의 생존자들이 모여서 결성한 조직이 북혈단일세."

일 년하고 반년여 전에 천외신계가 천하를 장악하는 과정에서 무림인들의 저항이 가장 격렬했었다.

반면에 대명제국의 군대는 일절 저항하지 않았다. 천외신계가 천마혈계를 개시하기 전에 이미 군부를 완전히 포섭하거나 장악한 상황이었고 전쟁이 일어나지 않도록 광덕왕이 큰 역할을 한 덕분이다.

무림 역시 천외신계가 사전에 물밑 작업을 해서 구파일방을 위시하여 무림을 대표하는 굵직한 방파와 문파를 절반 이상 회유하거나 포섭 또는 장악을 해두었다.

끝까지 포섭이나 회유하지 못한 대방파나 대문파들은 힘으로 눌러서 굴복시켰다.

문제는 천외신계가 그다지 신경 쓰지 않은 중소 방파와 문파들이었다는 것이다.

그들은 무림 전역에서 끝까지 격렬하게 저항을 했는데 이유는 무림을 위해서가 아니라 자신들의 밥그릇을 뺏기지 않으려는 발악이었다.

천외신계는 백성들에게는 자비와 포용 정책을 펼쳤지만 무림인들에겐 아니었다.

일단 무림을 완전히 평정한 다음에 새로운 틀의 무림을 짜려고 했다.

그런 상황에서 중소 방파와 문파들이 선택할 수 있는 길은 두 가지뿐이었다.

하나는 무조건 굴복한 후에 천외신계가 만드는 새로운 무림의 틀 안에서 명맥을 이어가는 것이고, 또 하나는 끝까지 저항하는 것이었다.

천외신계는 끝까지 저항하는 중소 방파와 문파들은 무자비하게 짓밟았다.

굴복하는 방파와 문파들은 최대한의 자비와 이득을 보장해 주었지만 저항하는 방파와 문파들은 가차 없이 응징했다.

그런 사정은 산서성 북쪽 지역도 마찬가지였으며 그렇게 해서 응징된 방파와 문파의 생존자들이 모여서 결성한 조직이 북혈단이다.

설명을 듣고 난 화운룡은 씁쓸한 표정을 지었다.

"북혈단이 오랑캐인 화양족과 손을 잡은 것은 최하책이로 군. 그들은 스스로를 구정물에 내던진 걸세."

효궁은 고개를 끄떡였다.

"화양족은 예전부터 틈만 나면 산서 북쪽 지역 각 현과 마을들을 습격하여 약탈을 일삼았기 때문에 그렇다고 쳐도, 한때 무림에 속했던 북혈단이 설마 화양족과 손을 잡을 줄은 전혀 예상하지 못했네."

말하자면 북혈단은 무림이라는 우리를 뛰쳐나가서 들개가 돼버린 것이다.

화운룡의 경험으로 미루어 봤을 때 북혈단이 지니고 있던 원래의 목적은 지금쯤 많이 퇴색했을 것이다.

현재의 북혈단은 예전으로 돌아가거나 산서성 북쪽 지역을 회복할 수 없다는 사실을 뼈저리게 절감하고는 복수심에 불타고 있는 것이 분명하다.

그래서 수단과 방법을 가리지 않게 되었으며 예전 같으면 상종도 하지 않았을 오랑캐 화양족하고도 거침없이 손을 잡게 된 것이다.

만약 효궁이 이끄는 백여 명이 이곳에서 북혈단과 화양족을 막지 못한다면 그들은 깊은 잠에 빠져 있는 영무현을 피바다로 만들어 버릴 것이 분명하다.

북혈단은 영무현 백성들을 마구잡이로 죽이지 않겠지만 오랑캐인 화양족은 다르다.

그들은 약탈과 부녀자 납치가 목적이기 때문에 영무현을 지옥으로 만들 것이다.

물론 화운룡이 있는 한 북혈단이든 화양족이든 한 명도 절곡을 통과하지 못할 테지만 말이다.

'북혈단은 이미 용서받지 못할 존재가 돼버렸군.'

그는 이번 싸움에서 손속에 자비를 두지 않을 생각이다.

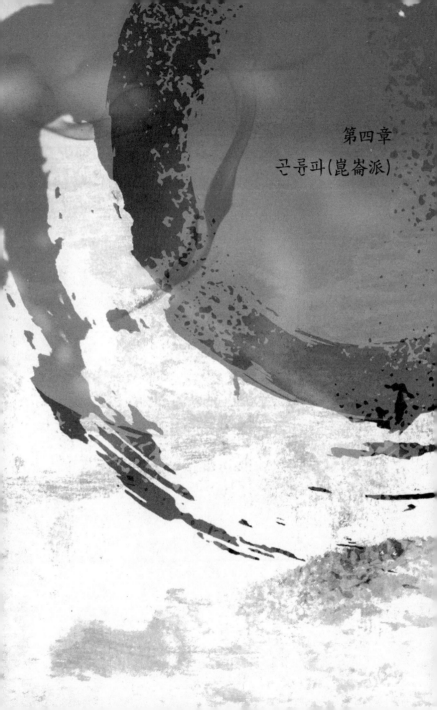

第四章

곤륜파(崑崙派)

저 멀리 어둠을 뚫고 시커먼 인영 수십 개가 몰려오고 있는 광경이 보였다.

절곡이 좁기 때문에 선두에서 수십 명이 몰려오는 것만 보이는 것이지, 그 뒤로도 수십 명씩 길게 줄을 이루어서 커다란 물줄기처럼 구불거리면서 접근하고 있다.

북혈단과 화양족이다.

모르긴 해도 선두는 북혈단이 구성하고 있을 것이다. 그들의 남하하는 속도가 늦었던 이유는 무림인인 북혈단이 그저 투사나 용사 수준인 화양족에 속도를 맞추었기 때문이다.

화운룡이 슬쩍 보니까 이쪽 선두를 맡고 있는 효궁과 두 명의 부지부주, 그리고 다섯 명의 녹투정수들 얼굴이 긴장으로 팽팽하게 물들었다.

화운룡이 나직이 중얼거렸다.

"앞으로 나가세."

"……."

긴장한 효궁이 그를 쳐다보았지만 무슨 뜻인지 알아듣지 못한 것 같았다.

화운룡이 알아듣게 설명했다.

"여긴 싸우기에 너무 좁네. 그리고 우리 쪽 후미를 보호하려면 전진하는 것이 유리하네."

효궁은 화운룡의 말을 충분히 알아들었지만 그것은 이쪽의 전력이 월등할 때의 전략이다.

그런데 효궁이 뭐라고 말하려는데 갑자기 화운룡이 앞으로 달려 나갔다.

"화 형!"

효궁이 급히 불렀지만 화운룡은 대답하지 않고 십 장쯤 나가더니 멈췄다.

우웅…….

그가 무황검을 뽑자 나직한 용울음을 흘렸다. 오랜만에 무황검을 사용하는 것이다.

북혈단이나 화양족 같은 떨거지들을 상대하려면 맨손으로도 충분하지만 일류고수 정도의 수준으로 보여야 하기 때문에 무황검을 사용해야 한다.

그는 딱 백 년의 공력만을 끌어올려 오른팔에 주입했다.

그가 팔 갑자를 상회하는 공력으로 싸운다면 북혈단과 화양족 천오백여 명을 한 시진 안에 몰살시킬 수 있을 것이다.

그러므로 그는 이 싸움에서 상급 일류고수 정도의 실력으로 싸우면서 전력을 다하는 모습을 보여야 한다.

효궁은 십여 장 전면에 혼자 우뚝 서 있는 화운룡의 뒷모습을 복잡한 표정으로 한동안 응시하다가 뒤쪽의 수하들을 돌아보았다.

"너희들은 여길 지켜라."

이어서 두 명의 부지부주와 다섯 명의 녹투정수를 이끌고 화운룡에게 다가갔다.

화운룡은 자신이 천외신계 녹성고수들과 합세하여 중원의 무림인들과 싸우게 될 줄은 몰랐다.

그러나 씁쓸한 기분보다는 북혈단의 무책임한 폭거에 화가 치밀었다.

이윽고 일단의 무리가 저돌희용(猪突稀勇) 성난 멧돼지 떼처럼 십여 장 전면에서 달려오기 시작했다.

극도의 긴장 때문에 누가 건드리기만 해도 몸이 폭발할 것 같은 효궁은 슬쩍 화운룡을 쳐다보았다.

"······!"

순간 효궁은 움찔했다. 그하고는 달리 화운룡의 표정이 너무도 평온한 것을 발견했기 때문이다.

효궁이 보기에 화운룡은 천오백여 명하고의 생사혈투를 목전에 둔 사람의 비장한 모습이 절대로 아니다.

다만 그의 모습이 조금 달라진 것은 얼굴에 은은한 분노가 떠올랐다는 사실이다.

그제야 효궁은 화운룡이 조금 전에 했던 그가 자신보다 고강할지 모른다는 말이 기억났다.

그때 화운룡이 전면을 향해 천천히 걸어갔다.

저벅저벅······.

효궁은 흠칫 놀랐다. 곡구에서 십여 장이나 앞으로 나온 것으로도 모자라서 화운룡이 달려오는 적들을 향해 마주 걸어가고 있으니 그는 도무지 겁이 없는 사람 같았다.

그런데 화운룡이 갑자기 달리기 시작했다.

"화 형!"

효궁이 놀라서 급히 외칠 때에는 화운룡이 이미 적들의 선두와 맞부딪치고 있었다.

쐐애액!

효궁은 단지 날카로운 파공음을 들었을 뿐이다.

"흐윽……."

"끅……."

"캑!"

그러고는 뒤이어서 답답한 신음 소리가 들리며 적들이 우수수 쓰러졌다.

검광이 번뜩이는 것 같더니 불과 세 호흡 사이에 적 십여 명이 거꾸러졌다.

정신을 차린 효궁이 서둘러 화운룡에게 달려가자 지부주와 녹투정수들도 급히 뒤따랐다.

효궁이 보니까 화운룡은 전혀 피하지 않으면서 전방과 좌우로 수중의 검을 휘두르고 있었다.

그가 피하지 않는 것은 피할 필요가 없어서다. 왜냐하면 적들이 공격을 하기 전에 죽여 버리기 때문이다.

또한 그의 동작은 크지 않았다. 거의 꼿꼿한 자세에서 검을 휘두르는 쪽으로 상체를 약간 숙이고 보법을 전개하여 좌우로 빠르게 이동했다.

'아아… 도대체 화 형은…….'

효궁은 싸울 생각을 하지 못하고 화운룡이 적들을 주살하는 광경을 넋을 잃은 채 바라보았다.

효궁이 보기에 화운룡은 절정고수라거나 공력이 높은 것 같지도 않았다.

그는 전력을 다해서 싸우고 있는데 검법이 매우 신비하면서도 특이하고 또 쾌속했으며 적들을 찌르든지 베든지 터럭만큼의 헛손질이 없다.

한 번 검을 휘두르면 반드시 한 명이 미간, 목 혹은 심장이 찔리거나 베어서 피를 뿌렸다.

그의 동작은 크지 않았으며 불필요한 동작이 전혀 없다.

더구나 검풍(劍風)을 전개하는데, 일반적인 소용돌이 와류(渦流) 형태가 아니라 효궁으로서는 생전 처음 보는 물고기 비늘(鱗)처럼 반짝이는 작은 검린(劍鱗)이다.

효궁도 검풍을 전개할 수 있지만 화운룡 같은 검풍은 흉내는커녕 본 적도 없다.

그때 화운룡의 나직한 웃음소리가 들렸다.

"하하하! 효 형은 대체 언제까지 내 솜씨를 구경만 하고 있을 건가? 혹시 싸워야 한다는 사실을 잊은 것인가?"

"아……."

효궁은 깜짝 놀라서 서둘러 싸움에 가담했다.

그즈음에 이미 화운룡은 혼자서 사십여 명의 적들을 주살한 상태다.

적들은 최초에 화운룡이 공격을 시작한 장소에서 한 걸음도 앞으로 나아가지 못했다.

화운룡은 정면에서 적들을 주살하고 있는 것 같았는데 어느새 좌측으로 가 있으며, 그런가 하면 어느샌가 우측에서 적들을 가차 없이 죽이고 있었다.

효궁 등의 눈에 그렇게 보이는 이유는 화운룡이 신묘한 보법을 전개하고 있기 때문이다. 하지만 화운룡에게는 그저 평범한 보법일 뿐이다.

쐐애애—

"크윽……"

"컥……"

화운룡이 있는 곳에서는 단지 예리한 파공음과 답답한 신음 소리만 들려올 뿐이다.

화운룡은 적들을 주살하는 한편 효궁 등이 위험에 빠지지 않도록 신경을 썼다.

이를테면 효궁과 두 명의 부지부주, 다섯 명의 녹투정수들을 공격하는 적들을 화운룡이 미리 다 죽여 버리는 것이다.

그러니까 효궁을 비롯한 여덟 명은 잘 차려진 식사를 하는 것처럼 죽이기 편한 적들만 죽이면 되는 것이다.

화운룡의 손속이 얼마나 빠르냐면 효궁을 비롯한 여덟 명의 위험 요소들을 모조리 제거하면서 틈틈이 제 몫의 적들을 주살하고 있을 정도다.

화운룡이 예상했던 대로 북혈단 고수들이 선두를 이루고 있었다. 그들은 어중이떠중이가 아닌 제대로 수련을 쌓은 무림인이었다.

그들은 대부분 이류가 주류를 이루었고 이따금 일류고수가 섞여 있었다.

하지만 이류나 일류나 화운룡 앞에서는 한낱 가랑잎처럼 피를 뿌리고 거꾸러질 뿐이다.

효궁 등은 너무도 편한 싸움을 하고 있는 중이다. 그들을 공격하거나 위협하는 적들은 단 한 명도 없으며 고개를 돌리고 시선을 던지기만 하면 딴짓을 하고 있거나 미처 공격할 태세를 갖추지 못한 적들만 주위에 널렸다.

그렇지만 효궁은 오래지 않아서 그 이유가 화운룡 덕분이라는 사실을 깨닫게 되었다.

절곡의 곡구를 지키고 있는 녹성고수들은 검을 움켜쥔 채 공격해 올 적들과 싸울 만반의 준비를 갖추었다.

그런데 꽤 오랜 시간 동안 기다렸는데도 적들이 공격해 오지 않았다.

저만치 전방에서 화운룡과 효궁 등 아홉 명이 일렬횡대로 서서 좌충우돌하며 적들을 주살하고 있는데, 적들은 절대로 그들을 통과하지 못하고 있다.

"도대체 저기에서 무슨 일이 벌어지고 있는 거지?"

녹성고수 선두의 누군가 중얼거리자 또 다른 누군가 감탄하는 목소리로 말했다.

"무슨 일인지는 모르지만 한 가지 사실은 분명하군. 적들이 절대로 저길 통과하지 못한다는 사실이야. 그러니까 우린 싸울 일이 없다는 뜻이지."

효궁이나 누가 보더라도 화운룡은 절대로 뛰어난 솜씨를 발휘하는 것 같지 않았다.

그는 단지 이리저리 돌아다니면서 부지런히 전력을 다해서 초식을 발휘하고 있었다.

그리고 어느 순간 적들은 더 이상 공격하지 않았다.

화운룡과 효궁 등은 그 자리에 서 있고 적들은 오 장쯤 떨어진 곳에서 모여 있을 뿐 이쪽으로 오지 않았다.

화운룡 등이 서 있는 곳에는 적의 시체 백여 구가 어지럽게 쓰러져 있었다.

불과 일각 남짓 동안 선두 북혈단 고수 백여 명을 죽인 것이다. 화운룡이 칠십여 명을, 효궁 등이 삼십여 명을 죽였는데 부상을 당한 자는 한 명도 없이 모두 숨이 끊어졌다.

만약 화운룡이 효궁 등의 눈치를 보지 않은 상황에 싸웠다면 이 정도 적 백여 명을 죽이는 일은 다섯 호흡이면 충분했을 것이다.

"헉헉……."

화운룡이 죽이기 좋은 상대만 골라서 나누어주었음에도 그들을 죽이느라 효궁 등은 꽤 지친 모습이다.

효궁이 전방을 보면서 조금 안도하는 표정을 지었다.

"화 형, 적들이 두려워하는 것 같지 않은가?"

효궁의 얼굴에는 화운룡에 대한 존경심이 가득했다.

"그런 것 같네."

"하아아… 하아… 저대로 물러났으면 좋겠군."

"물러나면 안 되네."

효궁이 의아한 얼굴로 화운룡을 쳐다보았다.

"무슨 말인가?"

"저들을 이대로 보낸다면 언젠가 또다시 영무현을 공격할 걸세. 그걸 방지해야지."

"그러면 이제 어떻게 하면 좋은가? 저들은 싸울 의사가 없는 것 같은데……."

효궁은 이 정도만으로도 훌륭하니까 적들이 물러나면 이대로 돌아서겠다는 뜻이다.

갑자기 화운룡이 천천히 앞으로 걸어가기 시작했다.

"놈들이 오지 않으면 우리가 가야지."

"화… 화 형……."

효궁은 설마 화운룡이 적들을 향해 걸어갈 줄은 예상하지 못했기에 얼마나 놀랐는지 말까지 더듬거렸다.

화운룡이 걸어가면서 효궁을 뒤돌아보았다.

"가세. 놈들에게 다시는 허튼짓을 하지 못하도록 다짐을 받아야지."

"다… 짐이라니……."

효궁은 기가 질렸다. 적들이 이대로 물러가기만 해도 더 바랄 것이 없는데 다짐을 받아낸다는 것이다. 그것도 홑몸으로 적들에게 걸어가면서 말이다.

그렇지만 아무리 기가 질렸다고 해도 효궁은 화운룡 혼자 적진으로 가도록 내버려 둘 수는 없다고 판단했다.

그가 무거운 걸음을 내디디면서 부지부주들과 녹투정수들에게 전진하자고 명령하려는데 화운룡의 목소리가 들렸다.

"효 형 혼자 오게."

우르르 몰려오면 화운룡이 모두를 보호하느라 피곤하기 때문이다.

혼자 오라는 말을 듣는 순간 효궁은 본능적으로 몸이 단단하게 굳어졌다.

그러나 그는 곧 어금니를 힘껏 깨물고 빠른 걸음으로 화운룡 뒤를 따라갔다.

화운룡이 점점 가까이 다가오자 북혈단 고수들은 무기를 움켜쥔 채 살기가 번뜩이는 눈빛으로 그를 쏘아보았다.

적들은 장님이 아니므로 조금 전 싸움에서 화운룡이 자신들의 동료를 어떤 식으로 어떻게 해서 가장 많이 죽였는지 똑똑히 보았다.

북혈단 고수들이 보기에 화운룡은 자신들보다 훨씬 고강한 것은 분명했다.

하지만 아무리 그렇다고 해도 이런 식으로 혼자 적진으로 걸어오는 것은 만용이라고 생각했다.

더구나 자신들을 얼마나 하찮게 여기고 무시하면 저렇게 행동하는 것인지 생각하니 피가 거꾸로 솟구쳤다.

그런데 화운룡은 북혈단 고수들 세 걸음 앞에 이르러서도 멈출 생각이 없는 것 같았다.

"이놈!"

"죽어랏!"

분노한 북혈단 고수 다섯 명이 일제히 도검을 맹렬하게 휘두르며 화운룡 한 몸에 공격을 퍼부었다.

효궁은 화운룡 등 뒤 다섯 걸음쯤에서 따라가다가 그 광경을 보고 화운룡을 돕기 위해서 힘껏 땅을 박차고 득달같이 쏘아나갔다.

순간 땅을 향해 비스듬히 늘어뜨려져 있던 무황검이 슬쩍 위로 들어 올려졌다.

스으읏!

무황검이 공격해 오는 다섯 명 고수들의 미간과 목을 눈이 달린 것처럼 찰나지간에 찌르고 베었다.

파아아…….

"꺼윽……."

"크윽……."

화운룡은 북혈단 고수들이 공격을 개시한 이후에 반격을 가했으나 워낙 극쾌검이라서 다섯 명 모두의 미간과 목을 꿰뚫고 베었다.

공격하던 다섯 명이 덮쳐오던 것보다 더 빠르게 뒤로 튕겨졌다가 쓰러지는 것을 본 북혈단 고수들은 더 이상 발작하지 않고 오히려 주춤주춤 물러나면서 화운룡의 눈치를 살피느라 여념이 없다.

                    *   *   *

화운룡은 천천히 주위를 둘러보았다.

그가 얼마나 강렬한 인상을 심어주었는지 그와 시선을 마주치려는 자가 아무도 없으며, 시선이 닿기만 하면 흠칫거리며 몸을 떨기 바빴다.

둘러보던 그는 북혈단 고수들 중에서 한 명에게 시선을 고정시켰다. 그의 눈에는 그자가 우두머리 같았다.

화운룡은 우두머리라고 짐작한 자를 향해서 망설임 없이

똑바로 걸어갔다.

머리에 띠를 두른 우두머리는 고수들 한가운데 서 있으므로 그에게 가려면 적들을 뚫고 가야 한다.

화운룡은 적들이 공격을 하기도 전에 슬쩍 무황검을 전방과 좌우로 가볍게 떨쳤다.

파아앗!

"허윽!"

"크윽……!"

간단한 동작만으로 검린이 뿜어져서 가까이 있던 전방과 좌우 여섯 명의 미간에 구멍이 뚫리고 목이 그어져서 풀썩풀썩 쓰러졌다.

그러자 적들이 약속이나 한 것처럼 우르르 뒤로 물러나고 삼 장 거리에 우두머리 한 명만 덩그렇게 남았다.

효궁은 여섯 명을 죽이고 성큼성큼 걸어가는 화운룡 뒤를 반 장 거리에서 바싹 따르면서 수중의 검을 움켜쥐고 날카롭게 좌우를 경계했다.

화운룡이 자신을 향해 똑바로 걸어오며 가까워질수록 우두머리의 얼굴이 일그러졌다.

그는 고수들이 다가오는 화운룡을 슬금슬금 피하는 것을 보고 버럭 고함을 질렀다.

"무엇 하는 것이냐? 저놈을 죽여라! 한꺼번에 공격하면 저놈도 별수 없을 것이다!"

우두머리 말에 동요했는지 가까이에 있는 적들이 한꺼번에 도검을 휘두르며 화운룡과 효궁을 공격했다.

쏴아아!

도검이 허공을 가르는 소리가 흡사 파도 소리 같았다.

효궁은 극도로 긴장해서 재빨리 주위를 살폈다. 어림잡아도 십오륙 명이 사방에서 합공을 해오고 있다.

효궁은 자신과 화운룡이 아무리 빠르게 반격을 한다고 해도 십오륙 명을 상대하는 것은 벅차다고 생각했다.

효궁은 절망했지만 어떻게 해서든지 화운룡을 보호하기 위해서 그를 향해 몸을 날리며 전력으로 검을 휘둘렀다.

아니, 몸을 날리는 것까지는 했으나 검을 휘두르려고 하는 순간, 화운룡에게서 느닷없이 새파란 빛줄기 여러 개가 뿜어져서 밤하늘을 거미줄처럼 이리저리 그어대는 바람에 움찔 몸이 굳었다.

"크으……"

"억……"

그와 함께 허공중에서 답답한 신음 소리가 한꺼번에 터졌다.

갑작스럽게 몸을 날린 탓에 효궁이 불안정한 자세로 발을 땅에 디뎠을 때, 정확하게 열여섯 구의 시체가 우르르 땅에 떨어져 내렸다.

화운룡의 무황검에 당한 자들인데 땅에 떨어져서 몇 차례 꿈틀거리다가 곧 잠잠해졌다.

효궁은 경악했다. 그는 이날까지 살아오면서 한 명이 적을 한꺼번에 열여섯 명이나 죽이는 광경을 처음 목격했다.

화운룡은 그가 상상하는 것보다 훨씬 더 고강했다.

장내에 무덤 속 같은 고요함이 자욱하게 깔렸다. 우두머리는 더 이상 화운룡을 죽이라고 소리 지르지 못했고, 적들은 하나같이 경악과 두려움이 뒤범벅된 얼굴로 땅에 즐비한 시체들과 화운룡을 번갈아 쳐다보았다.

우두머리를 비롯한 적들 모두는 화운룡이 도저히 상대할 수 없는 고수라는 사실을 뼈저리게 깨달은 표정을 지었다. 덤비면 죽는 것이다.

화운룡은 화양족 같은 오랑캐와 손을 잡는 비열함에 겁을 집어먹었음에도 물러나지 않고 있는 북혈단의 무지몽매함에 불끈 살심이 솟구쳤다.

그래서 조금 전까지만 해도 우두머리를 따끔하게 혼내서 다시는 이런 짓을 하지 못하도록 만들어야겠다는 생각을 고쳐먹게 되었다.

화운룡은 주위를 슬쩍 둘러보았다. 그에게서 삼 장 이상 거리를 두고 물러나 있는 북혈단 고수의 수는 대략 이백여 명일 것 같았다.

"효 형, 북혈단 전체 수가 얼마나 되나?"

"삼백오십여 명이라고 들었네."

화운룡이 돌아보지 않고 묻자 효광이 대답했다.

그렇다면 화운룡 등이 지금까지 죽인 자들과 이곳에 있는 자들이 북혈단의 전부일 것이다.

효궁은 화운룡이 북혈단 수를 묻는 이유를 뒤늦게 짐작하고는 크게 놀랐다.

"화 형. 설마……."

그가 뭐라고 말하려 할 때 화운룡은 우두머리를 향해 곧장 일직선으로 쏘아갔다.

우두머리는 어어… 하면서 주춤주춤 물러났고 다른 고수들은 아무도 화운룡을 막지 않았다.

"어, 어서 저놈을 막아라!"

우두머리가 다급하게 외쳤지만 아무도 나서지 않았다. 나서는 족족 깡그리 죽는다는 사실을 뻔히 알고 있는데 대체 누가 나서겠는가.

비열하고 무지몽매하면서 사내답지도 못한 우두머리는 화들짝 놀라서 도망치기 시작했다.

번쩍!

그러나 그는 채 다섯 걸음을 떼어놓기도 전에 화운룡이 발출한 검린에 뒤통수가 관통됐다.

팍!

"끄악!"

우두머리는 앞으로 쓰러질 듯한 자세로 허공에 둥실 떠올랐다가 이 장이나 날아가서 땅에 내동댕이쳐졌다.

화운룡은 자신의 진짜 실력을 감추고 백 년 공력만을 사용하고 있으나 이미 그것만으로 효궁을 충분히 경악시켰다.

화운룡은 우두머리의 죽음을 확인하지도 않고 방향을 바꿔 적들이 가장 많은 곳으로 쏘아갔다.

적들은 소 건너는 웅덩이에 파리 떼 흩어지듯이 사방으로 도망쳤지만 화운룡을 뿌리치지는 못했다.

이미 살심이 크게 일어난 화운룡은 적들을 거침없이 도륙하기 시작했다.

파파아앗!

적들은 죽어라고 도망치다가 번갯불처럼 쏘아온 검린에 뒤통수를 찔리거나 목이 잘라져서 나뒹굴었다.

화운룡은 원래 도망치는 적은 살려주는 것을 원칙으로 하지만 이 경우는 다르다.

이런 놈들을 살려두면 다른 선량한 사람들에게 해악이 될지언정 한 푼어치의 도움이 되지 못한다는 사실을 그는 오랜 경험을 통해서 잘 알고 있다.

절곡의 폭은 넓은 곳이 오 장 정도라서 도망쳐 봐야 암벽에 가로막혔다.

그래서 북혈단 고수들은 뒤쪽에 진 치고 있는 화양족을 향해 도망쳤다.

백수십 명의 고수들이 화운룡 한 사람에게 쫓겨서 도망치는 기막힌 광경이 벌어지고 있다.

화양족은 북혈단 고수들이 무더기로 도망쳐 오는 것을 보고는 크게 놀라서 몸을 돌려 무작정 도망치기 시작했다. 자신들보다 훨씬 고강한 북혈단이 도망치는 상황인데 확인하고 자시고 할 겨를 따위가 있겠는가.

화운룡은 이십여 장쯤 추격하면서 북혈단 고수 십여 명을 더 죽인 후에 걸음을 멈추었다.

북혈단 고수들은 화운룡이 무서워서 도망치고, 화양족은 북혈단이 도망쳐 오니까 영문도 모른 채 도망쳐서 잠시 후 절곡은 텅 비었다.

추격하면 다 죽일 수 있겠지만 화운룡은 구태여 그렇게 하지는 않았다.

이만큼 하는 것도 화운룡으로서는 도를 넘은 탓에 찜찜한 기분이다.

그때 효궁이 달려왔다.

"화 형."

그는 우뚝 서 있는 화운룡 옆에 서서 저 멀리 도망치고 있는 적들을 응시했다.

솔직히 효궁은 지금까지 벌어진 일들이 한바탕 꿈을 꾼 것만 같은 기분이다.

척!

화운룡이 어깨의 검실에 무황검을 꽂는 소리에 효궁이 그를 쳐다보았다.

효궁은 그가 오색각 주루에서 친구가 되어 같이 술을 마셨던 그 사람이 아닌 것 같았다.

"자네… 정말 화 형이 맞나?"

화운룡은 효궁을 보며 빙그레 미소 지었다.

"그럼 자넨 효 형이 아닌가?"

효궁은 눈부신 듯 화운룡을 바라보았다.

"이제 보니 화 형은 굉장한 고수였군. 나보다 고강한 정도가 아니었어."

"도움이 돼서 다행일세."

화운룡은 일부러 땀을 닦았다.

"전력을 다하느라 조금 힘들었네."

효궁은 감격한 표정으로 화운룡의 손을 덥석 잡았다.

"정말 고맙네. 자네가 우리와 영무현 사람 모두를 위험에서 구해주었네."

부지부주와 녹투정수, 그리고 녹성고수들이 달려오고 있는 것을 보고 나서 효궁은 뜨거운 표정으로 말했다.

"나는 내가 여황 폐하만큼 존경하는 사람이 생길 줄은 꿈에도 몰랐었네."

그의 표정에는 진심이 가득했다.

"더구나 그 사람이 내 친구라니 믿어지지가 않네."

잠시 후 부지부주 한 명이 와서 효궁에게 보고했다.

"북혈단 고수 백칠십삼 명이 죽었습니다."

효궁이나 부지부주는 화운룡 혼자서 거의 다 죽였다는 사실을 잘 알고 있다.

화운룡이 몸을 돌려 절곡 입구 쪽으로 걸어가자 효궁이 급히 뒤따르며 물었다.

"화 형, 어딜 가는 건가?"

화운룡은 빙그레 웃었다.

"하던 일을 계속하러 가네."

효궁은 의아한 표정을 지었다.

"자네… 무슨 일을 하고 있었나?"

"술 마시고 있었지."

"아……."

"갈 텐가?"

효궁은 환한 얼굴로 크게 고개를 끄떡였다.

"물론이지."

화운룡은 걸음을 멈추고 저만치 있는 흘손을 비롯한 다섯 명을 손짓으로 불렀다.

"흘 형! 이리 오게!"

흘손 등은 다가와서 쭈뼛거렸다.

"무슨 일로······."

흘손은 화운룡이 혼자서 북혈단 고수를 거의 다 죽였다는 사실을 알고 나서 그를 매우 어려워하게 되었다.

화운룡은 흘손의 어깨에 팔을 얹고 밝게 웃었다.

"효 형과 오색각에 가서 술을 계속 마실 생각인데 흘 형과 친구들도 같이 가세."

흘손은 깜짝 놀랐다.

"아··· 나는······."

"술이 다 깼으니까 새로 시작하세."

흘손 등이 이곳에서의 일 때문에 화운룡을 어려워하게 되었다는 사실을 감지한 효궁이 거들었다.

"흘손, 화 형은 변한 게 없다."

그 말에 화운룡이 효궁을 넌지시 꾸짖었다.

"효 형, 흘 형은 내 친구니까 호칭에 주의해 주게."

"아··· 그렇군."

효궁은 멋쩍게 머리를 긁적이고 나서 흘손에게 손을 뻗

었다.

"흘 형, 같이 가세."

흘손을 비롯한 다섯 명은 기쁜 표정을 지으며 화운룡을 바라보았다.

＊   ＊   ＊

화운룡은 산길에서 조금 이상한 무리를 발견했다.

섬서(陝西)와 감숙(甘肅)의 접경지역인 태백진(太白鎭)으로 가는 길이었다.

오늘은 북경을 떠난 지 팔 일이 됐고 효궁 등과 헤어진 지 사흘째다.

화운룡은 좁은 산길을 말을 타고 천천히 가고 있다가 산길 근처 칠팔 장 떨어진 공터에 십여 명이 모여 앉아서 무언가 먹고 있는 광경을 보게 되었다.

그들은 장사꾼도 아니고 농사꾼도 아니며 그렇다고 무림인도 아닌 어정쩡한 행색들이었다.

화운룡이 보기에 한눈에도 그들은 무림인, 그것도 도가의 도인들이었다.

제 딴에는 변장을 하느라 애쓴 모양인데 변장 같은 것을 해보지 않은 위인들이 분명했다.

그들이 먹고 있는 것은 도가의 약식(藥食)이었다. 약식이란 콩을 비롯한 붉고 검은 계통의 곡식을 볶아서 거칠게 빻은 가루를 말함이다.

그것을 조금씩 입에 넣고 침과 섞어서 오랫동안 씹어 먹는 것이 도가약식의 복용법이다.

또한 화운룡은 그들 십여 명이 도인일 뿐만 아니라 저 멀리 곤륜파(崑崙派) 사람들이라는 것을 한눈에 간파했다.

곤륜파 도인들은 중원의 도인들하고는 확연하게 다른 용모와 기세를 지니고 있다. 물론 그런 것을 알아차리는 것은 매우 어렵다.

곤륜파 도인 십여 명이 어째서 변장을 하고 산중에서 휴식을 취하며 식사를 하고 있는지 모를 일이다. 화운룡은 그것까지는 짐작하지 못했다.

곤륜파는 구림육파의 한 문파다. 화운룡이 매달 지원하는 자금으로 은밀하게 문파의 재건을 꾸미고 있던 소림사, 화산파, 청성파하고는 다른 길을 걸었던 문파다.

개방은 화북대련의 일원이 되었고 아미파는 화운룡의 도움으로 옛 황산파 자리에 상림파라는 이름으로 개파하기로 했지만 곤륜파는 아무것도 하지 않았다.

소림사와 화산파, 청성파가 문파를 재건하는 일에 곤륜파를 빼돌린 것인지 아니면 곤륜파가 그런 제의를 거절한 것인지는 알 수가 없다.

어쨌든 화운룡은 산중에서 식사하고 있는 곤륜파 도인들을 발견했지만 그냥 지나쳐서 제 갈 길로 갔다.

곤륜파 도인들도 말 위의 화운룡을 힐끗 쳐다보고는 묵묵히 식사를 이어갔다.

화운룡은 곤륜파 도인들을 보고 나서 타고 있는 말이 채 열 걸음을 떼어놓기도 전에 그들을 잊어버렸다.

第五章

마천비(魔天秘)

화운룡이 산길을 내려와 태백진에 들어섰을 때 이번에는 거리에서 마도(魔道)의 고수 즉, 마고수(魔高手) 무리를 발견하게 되었다.

그들은 열 명이며 무림고수의 행색을 하고 있지만 화운룡은 그들이 마고수라는 것을 한눈에 알아보았다.

그리고 선두의 한 인물을 발견하고는 그들이 마련(魔聯)의 마련전대라는 사실을 알았다.

선두의 인물은 사십 대 중반의 나이에 마르고 키가 크며 한 자루 검도 도도 아닌 무기를 어깨에 메고 있었다.

눈이 움푹 들어가고 양 뺨이 꺼졌으며 관자놀이가 강파
른 강퍅한 인상이라서 한 번 보면 절대로 잊히지 않는 용모
다.

'사흔마신(死痕魔神). 저자가 어째서 여기에……'

마련에는 최고 우두머리인 총련주 아래에 세 명의 부련주가
있으며 사흔마신은 그중 한 명이다.

그런데 화운룡은 사흔마신 뒤에서 걷고 있는 또 한 명을
발견하고 가볍게 의아한 표정을 지었다.

'마천비(魔天秘)까지?'

마련 총련주에게는 두 명의 부인이 있으며 그녀들은 하나같
이 절정고수인데 마천비는 그중 두 번째 이부인이다.

마련에서 서열상으로 세 명의 부련주가 두 번째지만 실제로
는 두 명의 부인이 이인자다.

부련주 사흔마신과 이부인 마천비가 이런 변방 산골 마을
에 마고수들을 이끌고 나타났다는 것은 이상한 일이다.

마련은 웬만해서는 강호에 출현하지 않으며 더구나 사흔마
신이나 마천비 정도의 거물은 마련을 거의 나오지 않는 것으
로 알려져 있다.

미래에 화운룡과 운설이 사십 대이고 명림이 오십 대의 나
이에 마도의 총본산인 마련(魔聯)의 추격을 받다가 궁지에 몰
려서 싸웠던 것이 저 유명한 청사호전투(靑沙湖戰鬪)다.

그 당시 화운룡 일행의 등 뒤에 청사호라는 바다처럼 거대한 호수가 있었다. 화운룡 쪽은 오십여 명이고 마련의 최정예인 마련전대(魔聯戰隊)는 천이백 명이었다.

뒤는 호수이기에 물러날 수 없으며 마련전대 천이백 명을 다 죽여야지만 살 수 있는 생사혈전이었다.

그때 화운룡의 공력은 사백오십 년이고 운설이 백팔십 년, 명림이 백오십 년이었다.

그렇지만 그때의 주축은 화운룡과 무황십이신이었다. 운설은 화운룡의 호법신이라는 신분이고 명림은 친구로서 와 있던 시절이었다.

그 당시 마련전대 마고수의 수준은 천외신계 남투정수 정도의 초일류급으로서 마련의 최후의 보루였다.

결국 '훗날 청사호전투'라고 불린 그 싸움에서 화운룡 쪽이 승리를 거두었다.

마련전대는 전멸했으며 화운룡 쪽은 이십여 명만 살아남았고 화운룡과 무황십이신, 그리고 운설과 명림은 부상을 입었지만 살았다.

청사호전투는 화운룡이 치른 수백 번의 다수를 상대로 한 전투 중에서도 손가락에 꼽을 만한 기념비적 전투였다.

이후 혈마련이라고도 불리는 마련은 화운룡에게 굴복했으며 총련주 이하 세 명의 부련주와 두 명의 총련주 부인도 화운룡 앞에 부복하여 충성을 맹세했다.

당연히 그 자리에 저기 있는 사흔마신과 마천비도 속해 있었고, 그들은 훗날 화운룡에게 충성을 다 바쳤다.

하지만 화운룡은 거리에서 우연히 마주친 그들마저도 모른 체하고 지나쳐 갔다.

그렇지만 화운룡은 사흔마신과 마천비 등을 다시 마주치게 되었다.

화운룡이 주루에서 식사를 하고 있는데 그들이 주루 안으로 들어온 것이다.

주루는 단층이며 탁자가 한 줄에 세 개씩 두 줄로 여섯 개있는 아담한 크기인데 그중 네 개의 탁자에 손님들이 앉아서 식사를 하거나 술을 마시고 있었다.

사흔마신과 마천비 일행은 열 명이라서 최소한 탁자 세 개가 필요했다.

빈 탁자 두 개가 있는 곳 가까이 창가 자리에서 화운룡 혼자 탁자 하나를 차지하고 식사를 하는 중이다.

그들은 하나의 탁자에 사흔마신과 마천비가 앉았으므로 마고수 여덟 명이 앉으려면 두 개의 탁자가 필요했다.

마고수 한 명이 가장 가까운 곳에서 혼자 식사를 하고 있는 화운룡에게 다가왔다.

"저쪽과 합석을 하시오."

마고수는 정중하지만 명령조로 말했다.

화운룡이 고개를 끄떡이고 선선히 일어서자 점소이가 얼른 달려와서 그가 먹던 요리 그릇들을 마고수가 가리킨 세 명이 앉아 있는 옆 탁자로 옮겨주었다.

마고수들이나 주루의 손님들은 마고수들의 위세가 대단하기 때문에 화운룡이 고분고분하는 것이 당연하다고 생각했지만, 정작 화운룡으로서는 소란을 피우고 싶지 않아서 마고수의 말에 따랐을 뿐이다.

화운룡은 절세의 미남에다가 키가 크고 멋진 몸을 지니고 있으므로 모두의 시선을 한 몸에 받았다.

그가 새로 옮긴 자리에서 식사 겸 술을 마시고 있던 세 명은 무림인이었다.

그러나 대단해 보이지는 않았고 더구나 마고수들의 위세에 눌려서 여태 떠들던 입을 닫고는 자세도 똑바로 하고 조용히 먹기에만 급급했다.

사흔마신과 마천비는 묵묵히 화운룡을 응시했다.

다른 사람들 눈에는 화운룡이 허우대 멀쩡하고 눈이 번쩍 뜨일 정도로 잘생긴 청년으로 보일지 모르지만 사흔마신과 마천비 정도의 인물은 특별한 안목을 지니고 있다. 절정고수는 그냥 되는 것이 아니다.

마고수들의 등장에 주루의 모든 사람들이 잔뜩 주눅 든 모습인데 유독 화운룡만 태연한 것을 사혼마신과 마천비는 놓치지 않았다.

설사 그렇더라도 화운룡이 한 가닥 하는 무공을 지녔을 정도이지 대단한 절정고수일 거라고는 생각하지 않았다.

그때 마천비가 화운룡에게 나직한 어조로 불쑥 말했다.

"그 자리가 불편하면 우리하고 합석해요."

화운룡은 쳐다보지도 않고 요리를 먹으며 대꾸했다.

"불편하지 않소."

마천비가 청하는데 쳐다보지도 않고 대꾸한다는 것은 화운룡이 그녀를 비롯한 마고수들을 안중에 두고 있지 않다는 간접적인 표현이다.

마천비의 미간이 좁아졌다.

"이리 오라는 뜻이에요."

처음에는 부탁이었지만 두 번째는 명령이다.

마련 세 명의 부련주 중에서 잔혈마와 사혼마신의 무서움과 잔인함은 무림에 잘 알려져 있지만 마천비는 거의 알려져 있지 않았다.

그러나 실상 마천비가 사혼마신보다 몇 배나 잔인하고 괴팍한 성격이라는 사실은 아는 사람만 알고 있다.

물론 화운룡도 그 사실을 누구보다 잘 알고 있다. 그녀는 미래에 화운룡의 측근 축에도 끼지 못하는 서너 단계 아래쪽의 수하였다.

화운룡은 마천비를 한 번 쳐다보고는 일어나서 천천히 그녀에게 다가가 빈자리에 앉았다.

사혼마신과 마천비의 안목은 옳았다. 화운룡은 이번에도 전혀 겁을 먹지 않은 모습을 보였다.

점소이가 화운룡의 술과 요리를 옮기려고 하자 마천비가 손을 저었다.

"그건 치워라. 이 손님은 우리와 같이 식사할 것이다."

일이 점점 꼬이는 것 같아서 화운룡은 그냥 나갈까 하다가 그만두었다.

어차피 오늘 밤은 이곳 태백진에서 하룻밤 묵을 생각이었고, 그러자면 맨정신으로는 잠을 이루지 못할 테니까 술을 마셔야만 한다. 혼자 마시든 누구와 같이 마시든 상관이 없다는 생각이다.

마천비가 팔짱을 끼고 앉아 있는 화운룡에게 불쑥 물었다.

"이름이 뭐죠?"

"운룡이오."

이들은 무림 정세에 대해서 훤하니까 화운룡 본명을 대면 즉시 알아차릴 수도 있다.

"별호는요?"

삼십사 세의 마천비는 붉은색과 흑색이 섞인 몸에 찰싹 달라붙은 옷을 입고 있어서 늘씬하고 굴곡진 몸매가 완연하게 드러난 모습이다.

"무적검신."

화운룡은 미래에 첫 번째로 사용하게 될 별호를 중얼거리듯이 말했다.

어마어마한 별호라서 사혼마신은 피식 실소를 했고 마천비는 일부러 놀라는 표정을 지었다.

"호오… 굉장한 별호군요."

마천비는 아쉽다는 표정을 지었다.

"그렇지만 들어본 적이 없어요."

화운룡은 어쩌면 이들이 곤륜파 도인들 때문에 이런 산골에 나타났을지도 모른다는 생각이 문득 들었다.

이들과 곤륜파 도인들 사이에 연결 고리 같은 것은 없지만 둘 다 이런 산골에서 흔하게 보지 못할 존재라는 점이 닮았기 때문이다.

곤륜파 도인들이 뭔가 불안한 모습으로 산중에서 도가의 약식을 먹고 있던 광경과 아까 마고수들이 거리에서 누군가를 찾는 것처럼 두리번거리던 모습을 봤을 때, 곤륜파 도인들이 쫓기고 있으며 마고수들이 추격하는 것 같다.

"흠… 어디 출신인가요?"

마천비는 화운룡에게 흥미를 느끼는 것 같았다.

"사문이 없소."

"그래요?"

그녀는 한 걸음 더 나아가서 맹랑한 요구를 했다.

"어떤 검법인지 보여줄 수 있나요?"

"여기에서 말이오?"

"그래요."

"싫소."

화운룡이 일언지하에 거절하자 마천비의 가느다란 눈썹이 상큼 치켜떠졌다.

그녀가 발작하기 전에 화운룡이 그녀에게 물었다.

"그대의 사문은 어디요?"

"성숙비가(星宿秘家)예요."

그녀는 거리낌 없이 대답했다.

성숙해(星宿海)에는 마도의 명문 두 가문이 있으며 성숙이가(星宿二家)라고 하는데 그중 하나가 성숙비가다.

훗날 성숙이가는 화운룡에게 패하여 마천비의 부모를 비롯한 성숙이가 모두 그의 수하가 된다.

"무슨 무공을 익혔소?"

화운룡이 추호도 겁먹지 않을뿐더러 외려 질문을 이어가자 마천비는 요놈 봐라? 하는 표정을 지었다.

"기절비검(奇絶秘劍)이에요."

"내 앞에서 기절비검을 보여줄 수 있소?"

"여기에서 말인가요?"

"그렇소."

마천비는 한 방 얻어맞은 표정을 지었다. 조금 전에 그녀가 화운룡더러 여기에서 검법을 보여달라고 했다가 거절을 당했는데, 이번에는 그가 그녀에게 기절비검을 보여달라고 요구를 한 것이다.

마천비 정도 되는 인물이 이런 주루 안에서 가문의 성명검법을 전개할 리가 없다.

그러니까 화운룡은 너도 하지 않는 것을 어째서 나한테 시키느냐고 돌려서 마천비를 꾸짖은 것이다.

하지만 마천비는 기분이 나쁘지 않았다. 대신 조금 더 흥미를 느꼈다.

마천비의 가문인 성숙비가의 성명절학이 기절비검이다. 기기묘묘한 짧은 변화 속에 강력한 파괴력을 지닌 마도무학의 진수라고 할 수 있다.

"혹시 기절비검을 알고 있나요?"

"알고 있소."

화운룡은 대수롭지 않게 고개를 끄떡였다. 그러고는 곧 스스로 씁쓸한 기분이 들었다.

마천비와의 문답에 거의 신경을 쓰지 않고 있던 터라서 대충 대답을 한 것인데 속에 있는 생각이 그대로 말이 되어서 흘러나왔다.

과연 마천비는 뜻밖이라는 표정에 진한 흥미를 얹어서 화운룡을 뚫어지게 주시했다.

무림에서 성숙비가의 성명검법인 기절비검을 알고 있는 사람은 눈을 씻고 찾아봐도 없다.

그만큼 알려지지 않은 비밀스러운 검법이다. 그런데 그것을 화운룡이 안다고 한 것이다.

마천비의 흥미는 정점에 달했다.

"기절비검이 어떤 검법이라고 알고 있죠?"

술과 요리가 나오기 전이라서 사혼마신을 비롯한 마고수들과 주루의 모든 사람들은 두 사람이 대화를 이어갈수록 흥미를 느끼고 있었다.

화운룡은 별로 신경 쓰지 않는 얼굴로 대답했다.

"마도십절(魔道十絶)에 손색이 없는 검법이오."

마천비는 적잖이 놀라는 표정을 지었다.

"호오… 마도십절까지 알고 있군요?"

이번에는 사혼마신마저도 뜻밖이라는 얼굴이다.

마도를 대표하는 열 개의 무공을 마도십절이라 하고 기절비검은 그중 하나다.

그 사실을 알고 있다면 무림, 그중에서도 마도에 관심이 매우 많은 사람이라고 할 수 있다.

화운룡은 대화를 그만두고 싶지만 마천비는 갈수록 대화에 깊이 빠져들어서 그를 놔주지 않았다.

"그렇다면 기절비검을 무림의 어떤 문파의 검법하고 비교할 수 있을까요?"

화운룡의 대답은 막힘이 없다.

"점창파의 선유검법(仙遊劍法)보다는 반 수 위고 운영검문의 절운섬영검보다는 한 수 아래요."

"……"

"백 년 공력을 지닌 사람이 그 검법들을 똑같이 십 성까지 완벽하게 연마했을 경우의 얘기요."

마천비는 너무도 유명한 점창파의 선유검법에 대해서는 잘 알고 있지만 강소성 남쪽의 지방 명문인 운영검문의 절운섬영검은 그런 문파가 있다는 사실만 조금 알고 있을 뿐이지 금시초문이다.

그랬기에 기절비검이 구파일방 중에 하나인 점창파의 선유검법보다는 반 수 강하고 지방의 명문이라는 운영검문의 절운섬영검보다 한 수 아래라는 사실에 대해서는 목숨을 내걸고서라도 항의하고 싶었다.

마천비는 차가운 얼굴로 사혼마신에게 물었다.

"부련주, 절운섬영검이라는 검법을 아나요?"

"처음 들어봅니다."

무림에 대해서는 제법 해박한 사혼마신마저도 처음 들어보는 검법이 기절검법보다 반 수도 아니고 한 수씩이나 위라는 말에 마천비는 감정이 상해 버렸다.

"인정 못 하겠어요."

마천비는 팔짱을 끼고 오만하게 턱을 살짝 치켜들었다. 나를 이해시키지 못할 경우에 무슨 일이 벌어지더라도 내 책임이 아니라는 듯한 표정이다.

화운룡은 팔짱을 낀 채 그녀를 쳐다보았다.

"그대는 내게 솔직한 대답을 원했던 것이 아니었소?"

"솔직한 대답을 원했어요."

"그래서 솔직한 대답을 했는데 이런 식으로 억지를 부린다면 곤란하지 않겠소?"

"……."

마천비는 말문이 막혔다.

화운룡이 불쑥 물었다.

"여기가 어디요?"

밑도 끝도 없는 물음에 마천비는 의아했다.

"우리가 있는 이곳 말인가요?"

"그렇소."

"이곳이 주루지 어디겠어요?"

화운룡은 고개를 끄떡였다.

"그렇소. 이곳이 주루라는 것이 맞는 대답이오. 나도 그렇게 맞는 대답을 했을 뿐이오."

"……."

마천비는 기가 막히지만 할 말을 잃었다.

이곳이 주루인 것처럼 기절비검이 절운섬영검보다 한 수 아래라는 것이 명백한 사실이라는 얘기다.

*　　　*　　　*

그때 주문한 요리가 나왔다.

화운룡이 술을 가리키며 마천비에게 물었다.

"마셔도 되오?"

이런 상황에 술을 마시려고 하는 화운룡의 태도에 발끈했으나 마천비는 꾹꾹 눌러 참았다.

"마셔요."

화운룡이 빈 잔에 술을 따르는 것을 보며 마천비가 냉랭하게 말했다.

"절운섬영검이라는 검법을 누가 할 줄 알죠?"

"운영검문의 문주와 두 명의 자식이 할 줄 아오."

마천비는 자신의 기절비검을 지금 당장 절운섬영검하고 비교할 수 없다는 사실 때문에 속이 상했다.

그런데도 화운룡은 태연하게 술 한 잔을 마시더니 젓가락으로 요리 한 점을 집어 입에 넣고는 맛있게 오물거렸다.

사혼마신은 그런 마천비를 보면서 씁쓸한 표정을 지었다.

'쯧쯧… 이부인께서 사서 고생이로군.'

그가 보기에 화운룡의 무공은 어떤지 몰라도 그의 입담은 마천비를 찜 쪄 먹을 수준이다. 그래서 그는 마천비를 조금 도와줘야겠다고 마음먹었다.

"자넨 절운섬영검에 대해서 얼마나 알고 있나?"

"잘 모르오."

"그런데 절운섬영검이 기절비검보다 한 수 위라는 사실을 어떻게 장담하는 것인가?"

사혼마신은 예리한 지적에 마천비가 작게 환호했다.

"내 말이 그 말이에요."

화운룡은 두 사람의 따가운 시선을 받으면서도 태연하게 따르던 술을 마저 따라서 마시고는 느긋하게 말했다.

"운영검문의 문주가 나하고 잘 아는 사이요. 그래서 어깨너머로 절운섬영검을 몇 번 본 적이 있소."

사혼마신이 물고 늘어졌다.

"겨우 어깨너머로 본 검법이 기절검법보다 한 수 위라고 장담하는 것인가? 경솔하군."

사혼마신은 이쯤에서 화운룡이 꼬리를 내릴 것이라고 예상했다. 그리고 그에게 그러라고 자리를 깔아준 것이다.

화운룡이 굽히고 있는 것은 굴신(屈身)이 아니라 귀찮기 때문인데 이쯤 되면 그도 참을 만큼 참았다.

무림인은 간단하게 말해서 크게 두 부류가 존재하는데 강자와 약자다. 그리고 강자에 또 두 부류가 있는데 진짜 강자와 허풍 강자다.

허풍 강자는 웬만큼 허풍을 치다가 불리해지면 꼬리를 내리지만 진짜 강자는 허풍 같은 것은 치지 않을뿐더러 피치 못할 상황에 이르러서야 비로소 발톱을 드러낸다.

그리고 진짜 강자들의 공통점이자 단점이 하나 있는데 인내심이 부족하다는 사실이다.

왜냐하면 자신이 강하다고 자부하기 때문에 참아야 할 상황이 오더라도 참아야 할 이유가 없는 것이다.

그런 점에서 화운룡도 예외가 아니다.

아니, 그는 미래에 천하제일인이었으며 지금은 그보다 훨씬 더 고강하기 때문에 사혼마신이나 마천비가 합공을 해서 덤비더라도 한주먹거리도 되지 않는다고 생각했다. 그리고 그것은 사실이다.

더구나 지금 그는 이 상황이 꽤나 귀찮아졌다.

"이러면 어떻겠소?"

그는 물 마시듯이 술 한 잔을 더 마시고 나서 빈 잔을 내려놓으며 말했다.

"내가 절운섬영검으로 그대의 기절비검을 상대해 줄 테니까 꺾어보시오."

마천비와 사흔마신 둘 다 어? 하는 표정을 지었다. 화운룡이 이렇게 나올 줄은 전혀 예상하지 못했다.

마천비가 요놈 드디어 걸렸다는 표정으로 눈을 반짝이며 회심의 미소를 지었다.

"그럼 밖으로 나갈까요?"

"그럴 필요 없소. 우리는 여기에 앉아서 겨루어봅시다."

마천비는 의아한 표정을 지었다.

"앉아서… 말인가요?"

화운룡은 통에서 나무젓가락을 꺼내 하나를 마천비에게 내밀었다.

"젓가락으로 겨루되 엉덩이를 의자에서 떼면 안 되는 것이 규칙이오."

마천비 얼굴에 어이없는 표정이 떠올랐다.

"젓가락으로… 엉덩이가 뭐 어째요?"

"우리 둘 다 똑같은 조건이오. 그대는 젓가락으로 기절비검을, 나는 절운섬영검을 전개하겠소. 서로 공격해서 상대를 무력하게 만들면 이기는 것이오."

똑같은 조건이라는 말에 사혼마신이 고개를 끄떡였다.

"괜찮은 방법이로군."

그가 그렇게 말하는 데야 마천비로서는 더 시비를 걸 수가 없게 됐다.

"내기를 걸어야지."

사혼마신은 이 젓가락 싸움에 점점 더 흥미를 느꼈다.

화운룡이 고개를 끄떡였다.

"그대가 이기면 내 목숨을 맡기겠소."

목숨을 맡긴다는 것은 시키는 대로 다 하겠다는 뜻이다. 설혹 죽인다고 해도 달게 죽겠다는 뜻이기도 하다.

마천비와 사혼마신은 화운룡이 이렇게까지 적극적이고 대범하게 나올 줄 몰랐으므로 적잖이 놀랐다.

자신의 목숨을 걸겠다고 할 정도라면 이 젓가락 싸움에 이길 자신이 있다는 것이라서 마천비는 조금 긴장했다.

"만약 당신이 이기면 무얼 원하죠?"

"날 귀찮게 하지 말고 내버려 두시오."

"……."

마천비와 사혼마신은 말문이 막혔다.

자기가 패하면 목숨을 맡기겠다면서 이기면 단지 귀찮게 하지 말라니 이런 건 아예 내기가 아니다.

이런 내기를 할 수 있는 사람은 오직 한 종류다. 절대강자가 그것이다.

사혼마신은 뭔가 이상한 조짐을 느꼈다. 화운룡에게서 절대강자의 기개를 엿본 것이다.

저렇게 젊은 청년이 설마 절대강자겠는가 하는 마음도 있지만 그럴 수도 있다는 생각이 강했다.

"이 내기는 그만두는 것이 좋겠소."

사혼마신은 조금 전에 느꼈던 흥미를 깨끗이 지우고 사태를 수습했다.

마천비가 이겨봐야 별 소득은 없는 대신에 만약 패하기라도 하면 톡톡히 망신을 당해야 하는 내기 같은 것은 애당초 하지 않는 것이 좋다는 생각이다.

그러나 그의 말은 마천비의 호승심을 더 일으켰다.

"무슨 소리예요?"

그녀는 화운룡을 주시하면서 또렷하게 말했다.

"내가 패하면 나 역시 목숨을 당신에게 맡기겠어요."

사혼마신이 미간을 좁혔다. 그는 화운룡이 절대강자일 것이라는 짐작이 점점 빠르게 굳어지는 느낌을 떨치지 못했다. 그것은 마천비가 패할 것이라는 의미다.

젓가락으로 싸우되 의자에서 엉덩이를 떼지 말아야 하고, 자신이 패하면 목숨을 내놓겠다고 서슴없이 말하는 것은 사혼마신조차도 하지 못하는 배짱이다.

어쩌면 그 정도의 자신감은 마련의 총마련조차도 한동안 고민을 해야 할 것이다.

아니, 그것은 배짱이 아니라 절대강자만의 특권이다. 패해 본 경험이 없는 자만이 그런 만용 같은 여유를 부릴 수 있는 것이다.

주루 안의 모든 사람들은 먹고 마시는 것을 멈춘 채 화운룡과 마천비를 주시했다.

사혼마신과 마천비가 서로 마주 보고 있으며, 화운룡은 마천비의 왼쪽 사선으로 앉아 있다.

두 사람은 젓가락을 하나씩 쥐고 서로를 마주 보았다.

화운룡은 느긋한 자세에 담담한 표정이지만 마천비는 자못 긴장한 얼굴에 백칠십 년 공력을 극한으로 끌어올린 채 화운룡을 주시했다.

처음에 마천비는 화운룡을 대수롭지 않은 존재로 여겼으나 시간이 지날수록 그가 점점 커지더니 이제는 어쩌면 자신이 패할 수도 있을 것이라는 염려를 하게 되었다.

'말도 안 돼! 이제 겨우 이십 대 초반의 새파란 애송이가 재간이 있으면 얼마나 있겠어?'

긴장과 분노와 염려가 범벅인 마천비와는 달리 화운룡은

평온하기 짝이 없다.

그는 놀고 있는 왼손으로 술잔을 들어 마시고 싶다는 생각이 들었다.

그런 동작을 취하는 사이에 마천비가 공격을 해도 충분히 그녀를 이길 수 있지만, 그것은 천하에서 손가락을 꼽을 정도의 초극고수만이 취할 수 있는 행동이다. 괜한 행동으로 이들의 의심을 살 필요는 없다.

화운룡은 추호의 흔들림 없이 담담하게 마천비를 바라보고 있는 반면에 그녀는 시간이 흐를수록 초조해지고 가슴이 답답해져서 발작이라도 일으킬 것만 같았다.

쿡…….

"……?"

그런데 그때 문득 그녀는 목이 따끔한 것을 느끼고 의아한 표정을 지었다.

그녀가 어떻게 된 일인지 확인하기도 전에 여기저기에서 낮은 탄성이 터졌다.

"아……."

"맙소사……."

그리고 마천비는 화운룡이 약간 팔을 뻗어서 젓가락 끝으로 자신의 목을 찌르고 있는 것을 발견하고는 뒤통수를 쇠망치로 얻어맞은 것 같은 충격을 받았다.

'도대체 언제······.'

그녀는 화운룡에게서 한순간도 시선을 떼지 않았으며 눈도 깜빡거리지 않았다.

그를 쏘아보면서 언제 공격을 할 것인지 가늠을 하고 있는 중이었는데 이 사달이 벌어진 것이다.

"너······."

마천비 눈에 핏발이 곤두섰다.

그녀가 발작하려는데 사혼마신이 급히 말했다.

"이부인, 가만히 계십시오."

사혼마신은 화운룡이 찌른 마천비의 목에서 피가 흘러 탁자에 뚝뚝 떨어지는 것을 보고 화운룡이 손에 슬쩍 힘만 줘도 마천비의 목에 구멍이 뚫릴 것이라고 판단했다.

화운룡은 방약무인한 마천비에게 약간의 징계를 내린 것인데 정작 그녀는 그 사실을 모르고 있다.

마천비가 눈동자를 굴려서 사혼마신을 보는데 화운룡이 젓가락을 거두면서 조용히 중얼거렸다.

"다시 해보겠소?"

마천비는 발끈했다.

"네놈이 암습을 했으니까 당연히······."

쿡!

"아······."

마천비가 말을 하고 있는 중에 눈앞에서 뭔가 어른거리더니 이번에는 미간이 뜨끔했다.

어느새 화운룡이 젓가락을 뻗어 그녀의 미간을 아주 가볍게 살짝 찌른 것이다.

그는 찔러도 그냥 찌르지 않고 젓가락 끝이 살을 파고들게 해서 피가 흐르게 만들었다.

주르르…….

"……"

젓가락에 찔린 미간에서 흐른 피가 마천비의 콧등을 타고 흘러 코에서 뚝뚝 탁자로 떨어졌다.

"이… 이……"

마천비는 당황함인지 분노인지 모를 뒤죽박죽한 감정이 폭발할 것만 같았다.

화운룡이 마천비 미간에서 젓가락을 떼며 물었다.

슥…….

"다시 하겠소?"

"……"

"세 번째는 그대 숨통을 끊겠소."

"……"

마천비의 얼굴색이 하얗게 탈색되었다.

"이부인……"

마련에서 가장 잔인한 인물로 둘째가라면 서러워할 사혼마신이 착잡한 얼굴로 마천비를 불렀다.

"그만하십시오. 이부인께서 패하셨습니다."

사혼마신은 화운룡이 자신보다 백배는 더 잔인할 수도 있다는 사실을 간파했다.

사혼마신이 보기에는 지금 화운룡이 마천비를 마음껏 데리고 노는 중이다.

마천비는 잘근 입술을 깨물었다.

"다시 하겠어요. 대신 이번에는 내가 시작이라고 말하면 동시에 공격해요."

"이부인!"

사혼마신이 놀라서 벌떡 일어나며 외쳤다.

마천비가 시선은 화운룡을 노려보면서 사혼마신에게 냉정하게 말했다.

"나서지 말아요."

사혼마신의 얼굴이 보기 싫게 일그러졌다. 그가 보기에 마천비는 화운룡에게 상대가 되지 않는다.

그는 화운룡이 도대체 언제 젓가락으로 마천비의 목과 미간을 찔렀는지 제대로 보지도 못했다.

그런데 화운룡이 이번에는 마천비를 죽이겠다고 선언했다. 만약 총련주의 부인이 사혼마신의 눈앞에서 죽는 일이 벌어진다면 그는 마련에 돌아가 죽어서 묻힐 곳이 없는 신세가 될 것이다.

결국 사혼마신은 자신이 마천비와 협공할 수밖에 없다는 결정을 내렸다.

"시작!"

순간 마천비는 날카로운 외침을 터뜨리면서 젓가락에 백칠십 년 공력을 모조리 쏟아부어 기절비검의 절초식으로 화운룡을 공격했다.

스파앗!

그와 동시에 사혼마신도 어깨의 무기를 뽑으면서 전력을 다해 화운룡의 목을 베어갔다.

촤아앙!

미처 공격할 생각도 하고 있지 않은 화운룡의 상체 다섯 곳으로 젓가락이 빛처럼 쏘아가는 것을 보면서 마천비는 내심 회심의 미소를 지었다.

'이렇게 정식으로 하면 내가 패할 리가……'

파팍!

그녀가 속으로 승리를 예감하려는 찰나 젓가락을 쥐고 있는 오른손 손등이 따끔한 것을 느꼈다.

"……"

그리고 옆에서 묵직한 신음 소리가 흘렀다.

"으음……"

마천비가 쳐다보니까 화운룡의 오른손에는 젓가락이 쥐어져 있지 않았다.

그녀는 자신의 손을 내려다보았다. 손등에는 젓가락이 꽂혀 있었다.

손을 뒤집으니까 손바닥으로 피 묻은 젓가락이 손가락 두 마디 정도 튀어나와 있는 게 보였다.

"으음……"

그때 또다시 옆에서 신음 소리가 들려 쳐다보다가 경악해서 눈을 커다랗게 떴다.

사혼마신이 일어서 있는데 그의 오른손 손등에도 젓가락이 꽂혀 있는 것이 아닌가.

그런데 그것만이 아니다. 사혼마신은 손에 검인지 도인지 모를 기형 무기를 쥐고 있는데 젓가락이 그의 손등과 무기의 손잡이까지 관통해 버린 것이다.

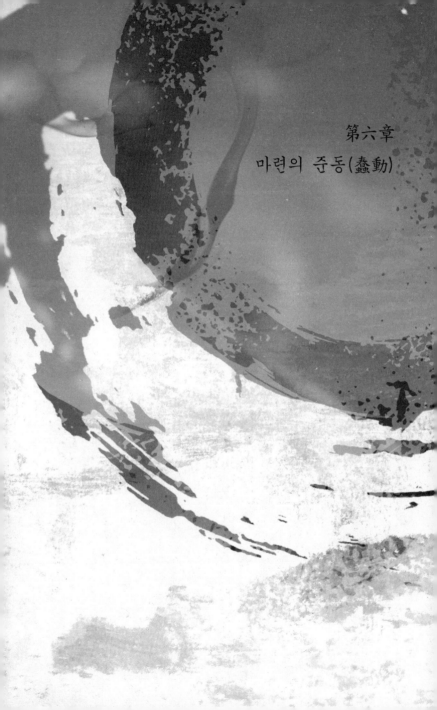

第六章

마련의 준동(蠢動)

　마천비는 철저하게 패배했다. 그녀의 요구대로 그녀가 '시작'
이라고 말하면 공격하기로 했으며, 심지어 사혼마신이 합공까
지 했다.

　그런데도 화운룡은 젓가락을 절반으로 부러뜨려서 마천비
와 사혼마신의 오른손에 꽂은 것이므로 이보다 더 완벽한 패
배는 없을 것이다.

　여덟 명의 마고수와 주루의 사람들은 경악하는 표정을 지
을 뿐 아무도 입을 열지 않았다. 그들은 이런 어마어마한 광
경을 생전 처음 보았다.

마천비와 사혼마신은 부끄러움과 경악이 뒤범벅된 표정으로 화운룡을 쳐다보았다.

조금 전에 화운룡은 세 번째 공격을 하게 되면 마천비를 죽이겠다고 했는데 죽이지 않았다.

어쨌든 이로써 한 가지 사실은 분명해졌다. 마천비와 사혼마신이 합공을 했어도 일초식 만에 제압당할 정도로 화운룡이 절정, 아니, 초극고수라는 사실이다.

낭중지추(囊中之錐), 주머니 속에 뾰족한 송곳을 넣은 것과 같이, 뛰어남은 아무리 감추려고 해도 드러날 수밖에 없다.

화운룡의 절세무공은 애초부터 감추려는 노력 자체가 무리였던 것이다.

마천비는 오른손에 꽂힌 젓가락을 뽑을 생각도 하지 않은 채 복잡한 표정으로 화운룡을 주시했다.

"왜 죽이지 않았지?"

화운룡은 술잔을 입에 대고 술을 입에 쏟아부었다.

"죽일 필요가 없으니까."

그러고 보니까 그는 아까부터 줄곧 술을 마시고 있는 중이었다. 어쩌면 마천비와 사혼마신을 공격하면서도 술을 마시고 있었을지 모른다. 정말 그랬다면 등골이 저릴 만큼 소름 끼치는 일이다.

"세 번째 공격 때 죽이겠다고 하지 않았나?"

마천비는 살려준 것이 억울하다는 듯 억지를 부렸다.

"거짓말이었소. 단지 나를 귀찮게 하지만 않으면 되는데 그 것 때문에 그대를 죽여서야 되겠소?"

마천비는 어이없는 표정을 지었다.

화운룡이 빈 잔에 술을 따르며 말했다.

"날 귀찮게 하지 않을 거면 앉아 있고 아니면 가시오."

마천비는 손에 꽂힌 젓가락을 쑥 거침없이 뽑아서 바닥에 내던지고는 술병을 집어 마침 술을 마시고 빈 잔을 내려놓고 있는 화운룡에게 내밀었다.

"제 술 받으세요."

그녀는 지금까지와는 달리 더없이 공손해졌다. 세상에 태어 나서 자신을 처음으로 완벽하게 굴복시킨 사람 앞에서 공손 해지는 것은 당연한 일이다.

화운룡은 한 잔을 받아 마시고는 고개를 끄떡였다.

"가까이 오시오."

마천비는 의자를 당겨서 화운룡하고 다리가 붙을 정도로 가깝게 다가왔다.

슥……

화운룡이 오른손을 뻗어 마천비의 오른손을 잡았다.

마천비는 흠칫 놀랐으나 뿌리치지 않고 말끄러미 화운룡을 바라보았다.

화운룡은 명천신기를 일으켜서 마천비의 뚫린 손바닥 상처를 치료했다.

잠시 후에 화운룡이 잡은 손을 놓을 때까지도 마천비는 그가 왜 손을 잡았다가 놓았는지 깨닫지 못했다.

그러다가 그녀는 무심코 자신의 오른손을 내려다보다가 움찔 놀랐다.

오른손을 관통한 구멍이 감쪽같이 사라졌으며 조금도 아프지 않았다.

그녀는 처음에 그저 어? 하는 표정을 지었다가 곧 소스라치게 놀랐다.

"아… 아니?"

그녀는 자신의 손바닥과 화운룡을 번갈아 쳐다보았다. 그러고는 그가 방금 전에 자신의 손을 잡은 이유가 치료를 해주기 위해서였다는 사실을 깨달았다.

"대체 어… 떻게……."

마천비는 믿을 수 없다는 표정을 지었다. 방금 전까지만 해도 손등과 손바닥이 관통되어 피를 철철 흘리고 있었는데 지금은 살짝 긁힌 흔적조차 없이 말짱해졌다. 화운룡이 단지 손을 잠시 잡았을 뿐인데 어떻게 이럴 수 있는 것인지 추호도 이해가 되지 않았다.

사혼마신도 그걸 보고 경악하여 눈을 휘둥그렇게 떴다. 경험이 풍부한 그로서도 이런 일은 생전 처음이다.

그때 화운룡이 가볍게 손가락을 뻗자 두 줄기 은은한 금빛 기류가 뿜어져서 마천비의 목과 미간 두 군데 상처에 가볍게 적중됐다.

"아……"

마천비는 깜짝 놀라며 상체를 조금 뒤로 물렸다.

그때 사혼마신이 그녀를 빤히 응시하면서 탄성을 터뜨렸다.

"오오……! 이부인의 목과 미간에 있던 상처가 말끔하게 나으셨습니다."

마천비는 깜짝 놀라 급히 손으로 미간과 목을 만져보았다.

그랬더니 손끝에 약간의 피가 만져지긴 하지만 상처와 통증이 전혀 느껴지지 않았다.

마천비는 경이로운 표정으로 화운룡을 바라보는데 지금 상황에 어울리지 않게 약간의 존경심이 떠올라 있었다.

화운룡은 사혼마신에게 손을 내밀었다.

"귀하 손을 봅시다."

사혼마신은 자신의 오른손에서 젓가락을 뽑고 무기를 놓고는 화운룡에게 오른손을 내밀었다.

화운룡은 사혼마신의 손을 잡고 그를 바라보며 엷은 미소를 지었다.

그의 미소를 접한 사혼마신은 묘한 표정을 지었다. 마련의 총련주 앞에서도 짖지 않았던, 모든 경계심과 무장이 해제되는 것 같은 표정이다.

'이 사람은 나를 알고 있는 것 같은 눈빛이지 않은가……?'

그렇지만 맹세코 사혼마신은 화운룡을 오늘 이 자리에서 처음 본다.

여덟 명의 마고수들은 주루 밖으로 나갔고 손님들도 다 떠났으며 주루에는 화운룡과 마천비, 사혼마신만 남았다.

화운룡은 마고수들과 손님들이 주루를 나가기 전에 그들 모두를 잠혼백령술로 제압하여 이곳에서 보고 들은 기억을 깡그리 지워 버렸다.

화운룡과 마천비, 사혼마신은 탁자에 둘러앉아 있는데 술을 마시는 사람은 화운룡뿐이다.

마천비와 사혼마신은 꼿꼿하게 앉아서 술 마실 엄두를 내지 못한 채 화운룡만 바라보고 있다.

마천비가 술병을 들고 기다리고 있다가 화운룡이 술을 마시자 얼른 술병을 두 손으로 내밀었다.

화운룡이 술을 받으면서 사혼마신에게 무형지기를 발출했다.

파파파파팍…….

마천비는 술을 따르다가 말고 흠칫 놀라서 급히 사혼마신을 쳐다보았다.

마천비는 아까 화운룡이 마고수들과 주루의 손님들 혈도를 제압하는 광경을 목격했다.

그것 역시 장관이었다. 화운룡이 슬쩍 양손을 뻗자 주루에 있던 모든 사람들의 혈도가 제압되었다.

한 사람당 이십 개 이상의 혈도가 제압되는 음향이 한꺼번에 터져 나오지 않았다면 마천비나 사혼마신은 화운룡이 주루의 사람들을 제압했다는 사실을 깨닫지 못했을 것이다.

그렇지만 마천비와 사혼마신은 화운룡이 모두의 혈도를 어째서 무엇 때문에 제압했는지 알지 못했다.

왜냐하면 모두의 몸에서 혈도가 제압되는 음향이 요란하게 터지고 나서 그들은 아무 일도 없었다는 듯이 주루 밖으로 나갔기 때문이다.

사실 그때 화운룡은 모두를 잠혼백령술로 제압하고는 전음으로 이곳에서 있었던 일을 잊으라고 명령했다.

그때 화운룡이 사혼마신에게 조용한 목소리로 명령하듯이 말했다.

"오늘 여기에서 있었던 일은 다 잊어라."

"알겠습니다."

그러자 사혼마신이 두 손을 앞에 모으고 공손하게 대답했다.

그제야 비로소 마천비는 화운룡이 아까 주루의 모든 사람들 혈도를 제압한 이유를 깨달았다.

"설마……."

그녀는 믿어지지 않는 표정으로 화운룡에게 물었다.

"부련주의 심지를 제압한 건가요?"

"그렇소."

"아아……."

그녀는 무림에 심지를 제압하는 매우 고명한 수법이 있다는 말을 들은 적이 있었지만 실제로 보게 될 줄은 몰랐다.

그녀는 꼿꼿한 자세로 매우 공손한 표정을 짓고 있는 사혼마신을 한 번 보고 나서 화운룡에게 물었다.

"정말 부련주는 오늘 이곳에서 있었던 일을 깡그리 잊어버린 것인가요?"

"그렇소."

"그렇다면 이 상태에서 당신이 명령하는 일이라면 무엇이든 하는 건가요?"

"그렇소."

그녀는 몹시 신기한 표정을 지었다.

"부련주에게 춤을 추라고 해보세요."

화운룡의 말이 맞는지 확인해 보고 싶은 것이다.

"일어나서 춤을 춰라."

그런데 화운룡의 말이 떨어지기 무섭게 사혼마신이 벌떡 일어서더니 넓은 곳으로 나가서 갑자기 덩실덩실 춤을 추기 시작했다.

"맙소사……"

마천비는 사혼마신이 얼마나 원칙적이고 꼬장꼬장한 성격인지 잘 알고 있다.

그는 아무리 술이 취해도 절대로 농담 한마디 하지 않는 성격의 소유자인데 화운룡의 말 한마디에 정신 나간 사람처럼 춤을 추고 있는 것이다.

"그만하고 앉아라."

화운룡이 명령하자 사혼마신은 춤추기를 멈추고 자리로 돌아와 꼿꼿하게 앉았다.

마천비는 문득 두려운 표정을 지었다.

"혹시 저에게도 이런 수법을 사용하실 건가요?"

"그렇소."

그녀는 펄쩍 뛰며 두 손을 마구 저었다.

"싫어요! 저한테는 절대로 하지 마세요!"

그녀는 대답을 하지 않는 화운룡을 바라보면서 두 손을 앞에 모으고 애원했다.

"내기에서 졌기 때문에 어차피 제 목숨은 당신 것이잖아요. 그 말은 제가 당신의 소유물이라는 뜻이에요. 즉, 저는 종이

고 당신은 주인이에요. 그런데 굳이 종의 기억을 지울 필요가
있겠어요?"

화운룡은 고개를 저었다.

"내기는 잊으시오."

마천비는 눈을 크게 떴다.

"저를 종으로 받아들이지 않겠다는 말씀인가요?"

"그렇소."

충격을 받은 마천비의 눈이 파르르 떨렸다.

"저를 수치스러운 여자로 만드시는군요."

"왜 그렇소?"

"저를 약속조차 지키지 않는 여자로 만드신다면 평생 수치
심을 안고 살아야 할 거예요……!"

마천비는 눈물까지 글썽거렸다.

"종이 되는 것이 좋소?"

"세상에 종이 되는 것을 좋아할 사람이 어디에 있겠어요?
그러나 약속을 지키지 못하는 파렴치한이 되는 것보다는 백
번 나아요."

화운룡은 미래에도 마천비가 부러질지언정 절대로 휘지 않
는 성격이라는 사실을 잘 알고 있다.

그렇다고 그녀를 종으로 거두는 것은 내키지 않았다. 마련
총련주의 이부인을 종으로 삼아서 무엇 하겠는가.

"한 가지 물어볼 게 있소."

화운룡은 화제를 바꾸었다.

"뭐죠?"

마천비는 쌀쌀맞게 굴었다.

"마련이 곤륜파를 추격하고 있는 것이오?"

그녀의 표정이 가볍게 변했지만 곧 고개를 저었다.

"저를 종으로 거두시면 대답하겠어요."

"허어……."

그녀는 입술을 조그맣게 만들어 고집스러운 표정을 지었다.

"천하 어디든지 당신을 따라다닐 거예요."

그녀는 화운룡이 무슨 말을 하려는지 짐작하고 더욱 독한 표정을 지었다.

"저를 떨어뜨리고 떠나신다면 그때부터 당신을 찾아서 천하를 헤매고 다닐 거예요."

화운룡이 술병을 잡으려고 손을 뻗자 마천비는 그가 자신의 심지를 제압하려는 줄 알고 화들짝 놀라서 급히 두 손으로 자신의 상체를 보호했다.

"안 돼요!"

화운룡은 씁쓸한 미소를 지었다.

"운정(雲淨)아, 너를 제압하려는 것이 아니라 술을 따르려는 것이다."

"……."

마천비는 소스라치게 놀라서 눈을 커다랗게 떴다.

"제… 이름을 어떻게 아셨죠?"

"후우……."

화운룡은 어쩔 수 없다는 듯 한숨을 내쉬었다.

"이리 오너라."

마천비 나운정(羅雲淨)은 어리둥절했다. 화운룡의 말투가 변하여 마치 어른이 아이를 부르는 듯했기 때문이다.

그녀가 의자에서 일어나 엉거주춤 서 있자 화운룡이 갑자기 그녀의 팔을 잡고 끌어당겨 자신의 무릎에 마주 보는 자세로 앉혔다.

"아……."

화운룡은 크게 놀라는 그녀의 등을 안고 서로의 가슴을 깊이 밀착시켰다.

"이게 무슨……."

마천비는 깜짝 놀라서 작게 몸을 움찔거리다가 느닷없이 가슴을 통해서 뜨거운 그 무엇이 파도처럼 쏟아져 들어오자 눈을 커다랗게 부릅떴다.

"……."

화운룡은 심지공을 일으켜서 마천비에게 심심상인을 해주

고 있는 것이다.

그녀에게 미래를 알려주면 굳이 잠혼백령술로 심지를 제압할 필요가 없으며 그녀가 쓸데없이 고집을 부리는 것도 그만두게 할 수 있기 때문이다.

마천비는 머릿속과 가슴속에 이상하고도 새로우며 또한 신기한 사실과 광경들이 가득 들어차자 눈이 점점 더 커지고 입도 잔뜩 벌린 채 탄성만 흘려냈다.

"아아……."

열 호흡쯤 지난 후에 이윽고 화운룡이 안고 있던 마천비의 등을 풀어주었다.

그의 품에서 한 뼘쯤 떨어진 마천비는 몸을 부르르 떨면서 가만히 앉은 채 쉴 새 없이 눈을 깜빡거렸다.

"이… 이것은 도대체……."

그러다가 그녀는 고개를 들고 화운룡을 바라보면서 꿈을 꾸듯이 중얼거렸다.

"주… 군이신가요?"

화운룡은 고개를 끄떡였다.

"그렇다, 운정."

*　　　　　*　　　　　*

"어… 어떻게 된 거죠……? 왜 여기에 계신 건가요?"

마천비 나운정은 아직 정신을 온전하게 수습하지 못한 상태에서 두리번거리다가 꼿꼿하게 앉아 있는 사혼마신을 발견하고 조금 전까지 무슨 일이 있었는지를 기억해 냈다.

"운정아, 나는 미래에서 왔으며 너에게 미래의 기억을 심어 준 것이다."

"미래……."

그녀의 정신이 점차 안정을 찾아갔다.

"제가 지금 몇 살이죠?"

"내 나이로 미루어 봤을 때 너는 지금 삼십사 세다."

나운정은 눈을 깜빡거렸다.

"제가 처음 주군을 만난 것이 오십육 세 때였으니까 지금으로부터 이십이 년 후로군요."

그녀는 믿어지지 않는 듯 탄성을 터뜨렸다.

"아아… 제가 주군을 이십이 년이나 일찍 만난 것이로군요… 어떻게 이런 일이……."

그녀는 미래에 화운룡이 천하제일인 십절무황이라는 사실을 기억해 냈다.

"주군께선 무황성주이시며 십절무황이셨어요……!"

"미래의 일이다."

"미래에서 오셨잖아요……!"

나운정은 자리에서 벌떡 일어나 바닥에 납작하게 부복했다.

"나운정이 주군을 뵈옵니다⋯⋯!"

얼마나 감격했는지 그녀의 몸과 목소리가 바들바들 떨렸다.

"일어나라."

그녀는 눈물을 흘리면서 흐느끼듯 말했다.

"주군께서 미래에서 오셨다면⋯ 저희들을⋯ 천하를 구하러 오신 거로군요⋯⋯!"

"천외신계로부터 말이냐?"

"그래요."

"천외신계는 천하를 평화롭게 통치하고 있잖느냐?"

나운정은 두 주먹을 쥐고 낮게 외쳤다.

"주군께서 잘못 알고 계신 거예요! 겉으로 보기에만 그런 거예요! 속으로는 썩어서 곪고 있어요!"

화운룡은 여태까지 자신이 봐왔던 천하 백성들의 평화롭고 행복한 모습이 가짜라고는 생각하지 않았다.

그렇다고 나운정이 거짓말을 하는 것 같지는 않았다.

화운룡은 진지한 표정을 지었다.

"무슨 일인지 자세히 얘기해 봐라."

결론적으로 말하자면 천외신계에는 천여황 외에 실질적인 권력자인 천황(天皇)이라는 인물이 존재한다는 것이다.

천외신계에는 두 개의 세력이 있으며 여황파(女皇派)와 천황파(天皇派)라고 부른다.

그 이름은 그들 스스로 지은 것이 아니고 몇몇 무림인들이 지었으며 그 호칭이 퍼져 나가 굳어졌다.

천하에서 천황과 천황파의 존재를 알고 있는 사람은 그리 많지 않다. 천황파가 은밀하게 행동하기 때문이다.

나운정이 천황을 알고 있는 이유는 천황파가 마련을 공격하여 장악했기 때문이다.

현재 천황파는 마련을 비롯한 무림의 굵직한 방파와 문파들을 앞세워서 여황파가 이미 장악했던 세력들을 차근차근 잠식하고 있는 중이다.

화운룡이 알고 있는 것처럼 천하를 제패한 여황파는 무림의 수많은 방파와 문파, 그리고 여러 세력에 대해서는 선의로써 대하고 천외신계 이전 시대처럼 거의 모든 자유와 이익을 누리도록 해주었다.

그러나 뒤이어서 천황파가 장악한 방파와 문파, 여러 세력들은 무조건적인 복종만이 있을 뿐이다.

천황파의 명령에 불복하거나 명령을 이행하지 못한 방파와 문파, 세력들은 가차 없이 멸망시키거나 그에 준하는 가혹한

벌이 가해졌다.

설명을 끝낸 나운정의 목소리는 자늑자늑했다.

"우리 마련에서는 천황이 천여황에게 반란을 일으킨 것이라고 보고 있어요."

나운정의 설명을 들은 화운룡의 생각도 그렇다.

천황이라는 인물은 아마 천외신계 네 명의 초후들 중에 한 명일 것이다.

화운룡이 만나서 잠혼백령술로 제압했던 동초후나 서초후는 천황이 아닐 것이다.

그들은 천황일 수가 없으며 어느 모로 보나 천여황을 배신하지 않았다.

그렇다면 남초후나 북초후일 수 있으며 어쩌면 네 명의 초후 위에 또 다른 권력자가 있을지 모른다.

말하자면 위로는 천여황 한 명만 있는 일인지하만인지상의 위치에 있는 인물이다.

그자 천황은 천여황이 천하를 평화롭게 다스리는 것이 못마땅했을 수도 있고, 아니면 천여황을 몰아내고 천외신계를 비롯한 천하를 탈취하려는 것일 수도 있다.

아마 천황은 꽤 오랜 세월 동안 숨죽인 채 천여황에게 충성하면서 그녀가 천하를 장악할 때까지 기다리며 차근차근 반

란의 준비를 했었을 것이다.

그랬다가 천여황이 천마혈계에 성공하자 비로소 발톱을 드러내고 행동을 개시했다.

나운정 말이 사실이라면 그냥 지켜보기만 하려던 화운룡의 생각이 바뀔 수도 있다.

천하가 평화로우면 명나라가 통치하든 천외신계가 통치하든 그대로 좋다고 여겼다.

그러나 천황이 천여황을 몰아내고 천외신계와 천하를 양손에 틀어쥔다면 모르긴 해도 지금 같은 평화 시대는 종말을 고할 것 같은 예감이 들었다.

화운룡이 가라앉은 목소리로 물었다.

"운정아, 마련이 곤륜파를 쫓고 있는 것이냐?"

아까 했던 질문이다.

나운정은 고개를 끄떡였다.

"네. 곤륜파는 구림육파에서 탈퇴하여 곤륜산으로 돌아가고 있는 중이며, 마련은 곤륜파 도인들을 공격하여 주살하라는 천황파의 명령을 받았어요."

"곤륜파 도인들을 모두 주살하라는 것이냐?"

"천황파가 어떤 목적인지는 모르지만 우린 곤륜파 도인들을 눈에 띄는 대로 주살하라는 명령만 받았어요."

"음……"

화운룡은 천황파의 속셈을 알 것 같았다. 아마 천황파는 처음에는 곤륜파를 회유했는데 그들이 말을 듣지 않자 벌을 내리려는 것이다.

그것도 천외신계 고수가 아닌 마련의 손을 빌려서 말이다. 이른바 차도살인지계(借刀殺人之計)다.

곤륜파 도인들에 대한 주살은 곤륜파가 말을 들을 때까지 계속될 것이다.

곤륜파는 곤륜산이 있는 신강성 일대에서 막강한 영향력을 지니고 있으므로 그들을 굴복시켜서 앞세우면 신강성을 손에 넣는 데 큰 힘을 발휘하게 된다.

"마련의 세력이 어느 정도냐?"

"북마련과 남마련, 중마련을 모두 합치면 만오천 명 정도 되고, 마련전대 마고수의 수 삼천 명까지 포함하면 만팔천 명쯤이에요."

"그렇게 거대한 세력을 지닌 마련이 어쩌다가 천황파에 굴복한 것이냐?"

화운룡의 물음에 나운정은 착잡한 표정을 지었다.

"두 달 전에 천외신계 고수들이 중마련 본련(本聯)을 급습했었어요. 놈들의 수는 무려 이만여 명이었고 그 싸움에서 중마련 본련의 마련전대 절반에 달하는 팔백여 명과 마고수 이천여 명이 죽었어요."

중마련 본련은 총련주가 있는 곳으로 마련의 핵심이다.

나운정은 사혼마신을 힐끗 쳐다보고 나서 말을 이었다.

"그 당시 본련을 급습했던 천외신계 고수들의 우두머리에게 남편의 무공이 폐지됐어요."

나운정의 남편은 총련주인데 그의 무공이 폐지됐다는 것이다.

"적의 우두머리가 누구였지?"

"북절신군(北絶神君)이라고 들었어요."

"그자는 북초후의 수하다."

"북초후가 누군가요?"

"천외신계에는 동서남북 네 개의 나라가 있으며 그 나라들을 다스리는 제후가 네 명인데 그들이 초후다. 천여황 바로 아래 이인자들이지."

"아… 그럼 북절신군은요?"

"삼인자이며 북초후의 수하다."

화운룡은 예전에 북경 광덕왕부에서 서초후의 수하인 서절신군 두라단이라는 자를 죽인 적이 있다.

그 당시 서절신군의 여제자인 아월이 사부를 죽인 화운룡을 대신 사부로 모시게 된 일이 있었다.

북절신군 정도의 실력자라면 마련 총련주를 삼십초식 안에 굴복시킬 수 있을 테고, 중마련 본련을 급습한 이만 명은 북초후 휘하의 투정수와 군대인 천외신군이었을 것이다.

"그렇다면 북절신군이 중마련 본련에 있겠구나."

"네. 놈들이 본련을 완전히 장악했어요."

"마련은 곤륜파만 맡았느냐?"

나운정의 입에서 뜻밖의 대답이 흘러나왔다.

"마련의 거의 전 세력이 사황부(邪皇府)를 공격하기 위해서 동원됐어요."

"사황부를?"

화운룡의 미간이 좁혀졌다.

마도무림을 마련이 일통했듯이 사파(邪派) 사도무림을 일통한 세력이 사황부다.

천여황은 정파무림만을 장악했었는데 천황이라는 자는 마련과 사황부까지 손에 넣으려고 한다.

사실 정파무림과 마도무림, 사도무림이 합쳐져야 비로소 무림이라고 할 수가 있다.

사황부를 한마디로 설명한다면, 정파와 마도를 합친 것보다 더 거대한 세력이다.

사황부의 정확한 수는 확인되지 않았지만 약 삼십만 명으로 추산하고 있다.

더구나 녹림인 장강수로채와 황하칠십이채가 사황부 휘하이므로 그들까지 합치면 실로 어마어마한 수다.

사람의 인체(人體)로 치자면 정파무림이 척추와 대동맥 따위 근간을 이루고, 마도무림이 갈비뼈와 등뼈, 중간 혈맥 역할을 하며, 사도무림이 팔다리와 잔뼈, 실핏줄을 이루고 있다고 보면 될 것이다.

　천황파가 마도무림에 이어서 사도무림까지 장악한다면 단지 무림이 아니라 천하무림을 완벽하게 손에 넣게 된다.

　곤륜파 도인들은 추격을 피하고 또 따돌리기 위해서 십여 명씩 소단위로 이동하고 있는 중이다.

　곤륜파 전체 도인의 수는 육백여 명이며 현재 그들이 백여 리의 긴 띠를 이룬 채 곤륜산이 있는 북서쪽으로 느리게 진행하고 있다. 마련은 곤륜파 도인들을 주살하려고 마련전대 마전사(魔戰士) 삼백 명과 마고수 천 명 도합 천삼백 명을 동원했다.

　그들 마련의 마전사와 마고수 천삼백 명을 지휘하는 사람이 마천비 나운정과 사혼마신이다.

　그리고 암중에서 나운정과 사혼마신에게 보고를 받고 또 명령을 내리는 천외신계 인물이 있다고 한다.

　화운룡은 마고수로 변장을 하고 나운정, 사혼마신 등과 함께 천외신계 인물에게 보고를 하러 갔다.

　화운룡이 나운정을 만났던 태백진에서 서쪽으로 삼십여 리쯤 가면 선천현(宣川縣)이 나온다.

그곳 현 중심가를 가로지르는 사망천(仕望川) 가에 있는 이 층 주루가 천외신계 인물을 만나는 장소다.

나운정과 사혼마신, 마고수로 변장한 화운룡 세 사람이 주루에 들어섰다.

주루 안에는 절반쯤 손님들이 앉아 있으며 한가한 분위기라서 이곳에 천외신계의 높은 신분이 있을 것이라는 생각이 들지 않았다.

나운정이 점소이에게 말했다.

"북 대인을 찾는다."

점소이가 공손히 이 층으로 오르는 계단을 가리키며 앞장섰다.

"이리 오십시오."

이 층은 가운데가 뻥 뚫려서 아래를 내려다볼 수 있으며 원형의 둘레에 탁자 십여 개가 놓여 있는데 점소이는 창 쪽의 가장 좋은 자리로 나운정 등을 안내했다.

이 층에는 손님이 거의 없는데 아마 귀빈만을 선별해서 받는 모양이다.

창 쪽에는 하나의 탁자에 두 명이 마주 앉아서 식사를 하고 있으며 나운정 등이 나타났는데도 쳐다보지 않았다.

그리고 옆 탁자에는 네 명의 고수가 앉아서 묵묵히 식사를 하고 있는데, 화운룡은 그들이 천외신계 색성칠위 중 이 위인 홍성족이며 그중에서도 최정예인 홍투정수라는 사실을 단번에 간파했다.

홍투정수 네 명이 호위할 정도라면 그 옆 탁자에서 식사하고 있는 두 명 중 한 명이 최소한 존번인 존왕이나 절번인 절군일 가능성이 높다.

화운룡이 보기에 창가 자리에 마주 보고 앉아서 식사를 하는 두 명은 사제지간 즉, 사부와 제자처럼 보였다.

예전에 북경 광덕왕부에서 화운룡에게 죽은 서절신군도 여제자 아월과 같이 생활했었다.

나운정은 자신들이 보고를 하고 명령을 받는 인물이 북절신군 수하라고 했으니까 존왕일 확률이 높다.

나운정과 사혼마신은 창가 자리로 곧장 걸어가서 존왕일 것으로 짐작되는 인물 옆쪽에 멈추었고 화운룡은 그들 두 걸음 뒤에 멈췄다.

화운룡은 마고수 복장인 흑의 경장에 붉은색 바람막이 피풍의를 걸치고 있는 모습이다.

탁자의 두 명은 나운정 등이 옆에 서 있는데도 눈길 한 번 주지 않고 묵묵히 하던 식사를 계속했다.

나운정과 사혼마신은 북경을 떠나서 여기까지 오는 동안 이들을 두 번 만나서 보고를 했으며 그때마다 이런 식으로 사람을 대놓고 무시했다.

성격이 칼날 같은 나운정과 사혼마신으로서는 참기 어려운 모욕이지만 참을 수밖에 없었다.

그런데 지금은 아니다. 나운정의 뒤에는 하늘 같은 존재인 화운룡이 버티고 있으므로 그녀 앞에서 식사를 하고 있는 자가 설사 천황이라고 해도 전혀 두렵지 않았다.

第七章

남자끼리 심심상인

나운정은 허리에 두 손을 얹고 두 명을 굽어보면서 싸늘한 목소리로 꾸짖었다.

"사람을 불렀으면 아는 체라도 해야지 밥만 처먹고 있는 것이냐?"

그러자 식사하던 두 명의 동작이 동시에 뚝 멈추었고, 옆 탁자의 홍투정수 네 명도 동작을 멈추더니 싸늘하게 나운정을 쏘아보았다.

존왕이라고 짐작되는 인물은 오십 대 중반의 나이에 자주색 장포를 입었으며 네모 각진 얼굴에 반백의 머리카락과 짧은 수염을 기른 모습이다.

그리고 맞은편의 비단으로 만든 화려한 경장을 입은 청년은 이십오륙 세로 보이며 당당한 체구에 짙은 눈썹과 예리한 눈매, 두툼한 입술이 인상적이다.

청년이 힐끗 나운정을 쳐다보면서 인상을 썼다.

"너 이년, 미쳤느냐?"

나운정은 발끈했다.

"이 자식아! 나더러 이년이라고 했느냐?"

쏴앙!

기이한 음향이 흐르는가 싶은데 청년은 어느새 앉은 채 어깨의 얇고 휘어진 도를 뽑아 나운정의 허리를 베어가고 있으며 그 속도가 가히 빛처럼 빠르다.

"……."

나운정은 흠칫했다. 그녀와 청년의 거리는 불과 반 장 내외라서 청년이 무기를 뽑아 그저 휘두르기만 해도 그녀의 몸을 자를 수가 있다.

더구나 그녀가 하늘처럼 믿고 있는 화운룡은 그녀 뒤에 서 있기 때문에 도우려고 해도 그녀가 가리고 있어서 불가능한 상황이다.

'내가 미쳤지…….'

그녀는 청년의 도가 허리에 막 닿으려고 하는 것을 내려다보면서 암담한 표정을 지었다.

지금 상황에서는 아무 생각도 들지 않고 눈앞이 캄캄하기만 했다.

그저 자신의 허리가 잘라져서 바닥에 나뒹구는 광경만 눈앞에 선명하게 떠올랐다.

퍽!

"끅……."

그때 답답한 신음 소리가 들리더니 청년이 원래 앉아 있던 자리에 털썩 주저앉았다.

나운정이 움찔 놀라서 급히 쳐다보자 청년의 옆머리에 손톱 크기의 구멍이 뚫려 있었다.

나운정은 화운룡이 손을 썼다는 사실을 알아차리고 반사적으로 몸을 돌려 그를 쳐다보았다.

순간 그녀는 화운룡의 몸에서 은은한 금빛의 빛 여러 개가 부챗살처럼 뿜어져서 두 방향으로 쏘아가는 것을 발견하고 눈을 휘둥그렇게 떴다.

파파파파팍…….

그리고 빛이 쏘아간 방향에서 가벼운 격타음이 와르르 터져 나왔다.

나운정이 급히 쳐다보니까 존왕이라고 짐작하는 인물과 옆자리의 고수 네 명이 자리에서 일어서다가 제압되어 엉거주춤

한 자세를 취하고 있다.

그들은 청년이 당하는 즉시 반격을 하려고 했지만 화운룡보다 늦었다.

나운정은 화운룡이 얼마나 고강한지 잘 알고 있지만 실제로 눈앞에서 견식을 하고는 살이 떨릴 만큼 감탄했다.

'과연 주군이시다……'

화운룡이 조용히 말했다.

"모두 앉아라."

그러자 존왕이라고 짐작되는 인물과 홍투정수 네 명이 조용히 자리에 앉았다.

나운정은 화운룡이 방금 전의 수법으로 이들 모두의 심지를 제압했다는 사실을 깨달았다.

그녀를 죽이려고 무기를 뽑아 휘둘렀던 청년은 오른손에 무기를 쥔 채 의자에 꼿꼿하게 앉아 있으며 이미 숨이 끊어진 모습이다.

화운룡은 나운정이 가리고 있어서 청년을 어떻게 할 수 없었을 텐데도 지공으로 옆머리를 뚫어서 즉사시켰다.

나운정은 천하제일인 화운룡이 있는데 괜한 걱정으로 가슴을 태웠다는 생각을 하자 마음이 든든해졌다.

화운룡이 턱으로 죽은 청년을 가리키면서 홍투정수에게 명령했다.

"이놈 치워라."

그의 말이 떨어지기가 무섭게 홍투정수들이 우르르 달려들더니 청년을 메고 열려 있는 창을 통해 밖으로 기척 없이 쏘아갔다.

화운룡은 청년이 앉았던 자리에 앉으며 존왕이라고 짐작되는 인물에게 고개를 까딱거렸다.

"비켜라."

그가 일어서고 나운정이 화운룡 옆에, 사혼마신이 맞은편에 자기 자리인 것처럼 앉았다.

그리고 존왕이라고 짐작되는 인물은 탁자 옆에 시립하듯이 공손한 자세로 섰다.

사혼마신은 여전히 잠혼백령술에 제압된 상태라서 이런 상황을 보면서도 표정의 변화가 없다.

화운룡이 저만치 계단 쪽에서 벌벌 떨고 있는 점소이를 불러서 새 요리와 술을 가져오고 탁자의 것은 치우게 했다.

점소이가 그릇들을 가져가자 화운룡이 존왕일 것으로 짐작되는 인물에게 물었다.

"너는 누구냐?"

"존북사왕입니다."

그가 공손히 대답했다.

화운룡이 짐작했던 대로 그는 존벌이며 존북사왕이었다.

"곤륜파를 어떻게 하기로 했느냐?"

화운룡이 단도직입적으로 물었다.

"전멸시키기로 했습니다."

"누가 결정한 것이냐?"

"신군께서 하셨습니다."

"북절신군 말이냐?"

"그렇습니다."

그때 창을 통해서 죽은 청년을 메고 나갔던 네 명의 홍투정수가 날아 들어와서 존북사왕 뒤에 늘어섰다.

"왜 그런 결정을 내렸느냐?"

"곤륜파 장문인이 항복하고 수하가 되라는 말을 듣지 않았기 때문입니다."

"그를 직접 만났느냐?"

"며칠 전에 저와 수하들이 곤륜파 장문인 운룡자가 이끄는 무리를 급습하였으며 그 과정에서 운룡자를 제압했었습니다. 이후 그에게 항복하라고 종용도 하고 협박도 했지만 끝까지 말을 듣지 않았습니다."

"그래서 그를 어떻게 했느냐?"

"신군께 보고했더니 운룡자를 죽이고 곤륜파를 전멸시키라고 명령하셨습니다."

"마련이 곤륜파를 전멸시키는 것이냐?"

"그렇습니다."

나운정이 차갑게 쏘아붙였다.

"찢어 죽일 놈들아. 우리가 그럴 것 같으냐?"

존북사왕은 아무런 반응을 보이지 않고 공손한 자세로 서 있을 뿐이다.

술과 요리가 와서 화운룡이 술을 마시는데 나운정이 그의 시중을 들었다.

"운룡자는 어떻게 됐느냐?"

"제압해서 멀지 않은 곳에 가두었습니다."

"운룡자를 데려와라."

"알겠습니다."

존북사왕이 홍투정수에게 운룡자를 데려오라고 명령하자 한 명이 창을 통해 빠져나갔다.

화운룡은 잠시 생각하고 나서 존북사왕에게 명령했다.

"너는 수하들과 이곳에서 열흘 동안 머물다가 돌아가서 북절신군에게 곤륜파를 전멸시켰다고 보고해라."

"알겠습니다."

화운룡은 존북사왕에게서 넘겨받은 제압당한 운룡자를 마차에 태우고 나운정과 함께 이곳 선천현의 해룡상단 지부가 소유하고 있는 장원으로 갔다.

화운룡은 운룡자를 안고 방으로 들어가서 그를 의자에 앉힌 후에 제압당한 혼혈을 풀어주었다.

"음……."

비스듬한 자세로 앉은 운룡자가 깨어나 신음을 흘리면서 눈을 뜨더니 눈앞에 서 있는 화운룡과 나운정을 발견하고는 움찔 놀라고는 느닷없이 벌떡 일어서며 일장을 발출했다.

"이놈!"

위잉!

백사십 년 공력의 운룡자가 반 장 거리에서 발출한 위맹한 장력이라서 바위를 가루로 만들 수 있는 위력이지만 화운룡의 몸에 닿기도 전에 스러져 버렸다.

운룡자는 자신이 발출한 장력이 흔적도 없이 사라졌다는 사실과 눈앞에 서 있는 사람이 존북사왕이나 홍투정수가 아니라는 사실에 놀라는 표정을 지었다.

그가 경계하는 표정으로 주위를 재빨리 두리번거리는 것을 보고 화운룡이 조용한 목소리로 일러주었다.

"천외신계 놈들은 없소."

운룡자의 마지막 기억은 존북사왕의 일장에 가슴을 정통으로 맞은 직후에 제압됐으며, 그에게 항복과 수하가 되라는 회유와 협박을 당했다는 사실이다.

"음……."

갑자기 그가 쓰러질 듯이 비틀거렸다.

사실 그는 존북사왕과의 싸움에서 그의 일장에 적중당하여 갈비뼈 세 개가 한꺼번에 부러지고 장기가 파손되는 내상을 입은 상태였다.

그런 몸으로 방금 깨어나자마자 전력으로 일장을 발출한 터라서 가슴의 고통이 극심했다.

"앉으시오."

화운룡이 운룡자를 부축해서 의자에 앉혔다.

운룡자는 고통으로 얼굴을 잔뜩 찌푸리면서도 경계심을 풀지 않았다.

"귀하는 누구요? 빈도는 어찌 된 것이며 여기는 대체 어디라는 말이오?"

"내가 누구인 것은 중요하지 않고, 당신은 천외신계 놈들에게서 풀려났으니 걱정하지 마시오."

화운룡의 말은 운룡자의 정신을 더욱 복잡하게 만들었다.

하지만 그는 내상 때문에 의자에도 앉아 있지 못할 상태라서 몸을 휘청거렸다.

"으음……."

"다친 것이오?"

"음… 그자에게 가슴에 일장을 당했소……."

화운룡이 운룡자를 번쩍 안고 한쪽의 침상으로 갔다.

"무… 얼 하려는 게요?"

운룡자가 버둥거리자 화운룡이 그의 마혈을 제압하고 침상에 눕혔다.

긴 흑염을 기르고 건장한 체구에 위맹한 용모인 운룡자는 불현듯 불길함을 느꼈다.

"너는 누구냐? 내게 무슨 짓을 하려는 것이냐? 이놈! 당장 혈도를 풀어라!"

화운룡은 태연하게 말했다.

"이제부터 당신 내상을 치료하려는데 자꾸 떠들면 아혈까지 제압하겠소."

"……."

그제야 운룡자는 입을 다물었으나 여전히 경계를 늦추지 않고 눈을 부릅뜬 채 화운룡을 지켜보았다.

화운룡은 운룡자의 앞섶을 열어젖히고 명천신기를 일으켜서 손에 주입하여 가슴에 댔다.

"으음……."

운룡자는 화운룡의 손이 살짝 닿기만 했는데도 고통 때문에 얼굴을 찌푸렸다.

화운룡은 손바닥을 펴고 그의 가슴을 쓰다듬으면서 명천신기를 주입했다.

손이 닿는 정도가 아니라 주무르면서 쓰다듬자 운룡자는

극도의 고통 때문에 숨이 넘어갈 것 같아 몸을 부들부들 격렬하게 떨었다.

"허윽······! 흐으으······."

그가 더 이상 견딜 수가 없어서 멈추라고 소리를 지르려는데 갑자기 이상한 기운이 느껴졌다.

가슴이 쪼개질 듯한 격렬한 고통이 점차 사라지면서 가슴이 따뜻해지기 시작했다.

"이게 무슨······."

그가 소스라치게 놀라서 무슨 말을 하려는데 갑자기 화운룡이 그의 가슴에서 손을 떼고는 마혈을 풀어주더니 한 걸음 뒤로 물러섰다.

"됐소. 일어나서 운공을 해보시오."

운룡자는 누운 채 눈을 껌뻑거렸다. 일어나려면 상체에 힘이 들어가고 그러면 가슴이 쪼개질 것처럼 극심한 고통이 엄습할 것 같아서 엄두가 나지 않았다.

그러자 화운룡이 다시 다가들어 그의 양어깨를 잡고 벌떡 일으켜 주었다.

"어······."

극심한 고통이 엄습할 것이라고 여겼던 운룡자는 아무렇지도 않자 어리둥절해졌다.

지켜보고 있던 나운정이 답답하다는 듯 일깨워 주었다.

"주군께서 당신의 내상을 낫게 해주었어요."

화운룡이 한 것이라고는 운룡자의 마혈을 제압하여 침상에 눕히고 잠시 가슴을 쓰다듬거나 주무른 것이 전부인데 내상이 나았다니 말도 되지 않는 일이다.

"무슨 헛소리를……."

나운정은 운룡자가 너무 사람을 믿지 않고 헛소리만 하는 것이 짜증스러웠다.

"이것 봐, 말코도사. 사람 복장 터지게 익은 밥 먹고 흰소리 그만하고 내 얘길 잘 들어보라고."

나운정의 거침없는 말투에 운룡자는 말문이 막혔다.

그때부터 나운정은 그간에 있었던 일들에 대해서 자세히 설명을 해주었다.

"그런 일이……."

나운정의 설명을 모두 듣고 난 운룡자는 해연히 놀라 눈을 크게 뜨고 화운룡을 쳐다보았다.

＊　　　　　＊　　　　　＊

운공조식을 끝낸 운룡자의 놀라움은 경악으로 변했다.

그는 방금 운공조식으로 자신의 엄중한 내상이 거짓말처럼 깨끗하게 나은 것을 확인하고, 믿어지지 않는 표정으로 화운룡을 쳐다보았다.

"도우는 누구시오?"

나운정은 말하고 싶어서 입이 근질거리는 것을 간신히 참는 모습이다.

화운룡은 될 수 있으면 자신을 밝히고 싶지 않았다.

"그건 중요하지 않소. 곤륜파가 어찌해야 할 것인지를 궁리하시오."

운룡자는 화운룡이 누군지 몹시 궁금하지만 그의 말처럼 지금은 곤륜파의 사활이 걸린 일이 더 급선무다.

"음! 존북사왕이라는 자가 열흘 후 북절신군에게 본 파가 전멸했다고 보고할 거라고 말했는데 그 사실을 어떻게 믿어야 할지 모르겠소."

나운정이 빽 소리쳤다.

"주군께서 존북사왕의 심지를 제압하셨다고 말했잖아요!"

운룡자는 고개를 모로 꼬았다.

"그런 일이 어떻게 가능한지……."

"주군, 답답한 말코도사 붙잡고 실랑이할 게 아니라 아예 존북사왕에게 했던 것처럼 말코도사의 심지를 제압해서 이렇게 저렇게 하라고 명령을 내리는 게 어때요?"

"그럴까?"

운룡자가 움찔 놀라 손사래 쳤다.

"그러지 마시오……!"

"주군께서 존북사왕의 심지를 제압하셨다는 말을 믿지 못하니까 당신 심지를 제압하겠다는 것인데 어째서 그걸 못 하게 하는 거죠?"

"그건……."

화운룡이 담담히 중얼거렸다.

"사실 나는 곤륜파가 전멸하든 말든 상관이 없소. 그러니까 당신 알아서 하시오."

화운룡은 문 쪽으로 걸음을 옮겼다. 겁을 주려는 것이 아니라 정말로 그는 곤륜파의 사활 같은 것에는 관심이 없다.

"여긴 내 집 같은 곳이니까 충분히 쉬고 나서 떠나고 싶을 때 떠나시오."

운룡자는 다급히 그를 불렀다.

"기다리시오!"

부르는 것으로도 모자라서 그의 팔까지 잡았다.

화운룡은 할 말이 있으면 해보라는 식으로 그를 돌아보며 묵묵히 있었다.

"하나만 말해주시오."

운룡자는 복잡한 표정을 지었다. 하긴 곤륜파의 운명이 걸린 일이니까 그도 함부로 결정하기가 어려울 것이다.

화운룡이 아무런 말이 없자 운룡자는 나운정을 한 번 보고 나서 말했다.

"마련 마천비인 여도우가 주군이라고 부르는 귀하는 마련의 인물이시오?"

"예끼!"

나운정이 버럭 소리쳤다.

"주군께서 어찌 마련 같은 허접쓰레기에 옥체를 담고 계신다는 말인가!"

마련 총련주의 이부인 마천비의 입에서 마련이 허접쓰레기라는 말이 나오자 운룡자는 어리둥절했다. 그것은 운룡자가 곤륜파를 허접쓰레기라고 하는 것과 같은 의미다.

"잘 들으시오! 주군께선 천하제일인이시오! 구파일방은 물론이고 무림팔대세가를 비롯한 전 무림의 방파와 문파들, 그리고 마련과 사황부, 요계(妖界)까지 주군께 무릎을 꿇고 충성을 맹세했소!"

나운정은 자신만 알고 있는 화운룡에 대한 엄청난 사실을 폭포처럼 쏟아냈다.

"그게 무슨⋯⋯."

운룡자로서는 말도 안 되는 소리다. 방금 나운정이 말한 어마어마한 인물은 고서에서조차 읽어본 적이 없으므로 현실에서 존재할 리가 없다.

나운정이 답답하다는 듯 화운룡에게 말했다.

"주군, 저한테 해주신 거 이 사람한테도 해주시면 안 될까요? 그러면 단번에 해결인데요."

심심상인을 말하는 것이다.

"남자는 안 된다."

"어째서 그렇죠?"

화운룡은 어째서 그런 것인지 몰랐었는데 지금 나운정이 물으니까 문득 떠오르는 것이 있다.

"아마 음양조화(陰陽調和) 때문인 것 같다."

"음양조화인가요?"

나운정은 학문이 깊지 않다.

"여자는 음이고 남자는 양인데, 남녀 즉, 음양끼리는 그것이 되고 남남 즉, 양양끼리는 되지 않는 것이다."

"네에……."

나운정은 알 것도 같고 모를 것도 같은 표정을 지으며 고개를 끄떡였다.

그러다가 화운룡은 문득 어떤 생각을 했다.

'상대의 몸을 음체(陰體)로 만들면 되지 않을까? 아니면 내가 음기(陰氣)로 심지공을 전개한다면?'

그는 구태여 운룡자에게 미래의 기억을 심어줄 필요성을 느끼지는 않았으나 음양을 잘 조화시켜서 남자에게도 심심상인을 할 수 있는지 시험해 보고 싶은 흥미가 생겼다. 되면 좋고 되지 않아도 상관이 없다.

화운룡은 나운정을 가리키며 운룡자에게 말했다.

"내가 운정에게 시전한 것을 당신도 해보겠소?"

"그게 무엇이오?"

"나하고 운정은 긴밀한 관계였으나 운정이 그것을 전혀 기억하지 못하기 때문에 내가 특수한 수법으로 내 기억을 운정에게 전해주었소."

나운정이 거들었다.

"내가 주군을 수십 년 동안 모신 수하라는 사실을 까맣게 모르고 있었는데 주군께서 그 수법을 해주셔서 모든 것을 알게 되었어요."

운룡자는 미심쩍은 표정을 지었다.

"여도우가 이 사람의 수하였다니… 여도우는 마련 총련주의 부인인데 그게 어떻게 가능하오?"

"그러니까 당신도 일단 해보라니까요?"

운룡자는 의심이 많은 사람은 아니지만 이것은 상대를 무조건 믿고 덜컥 해버릴 일이 아니다.

"혹시 그것은 섭혼술(攝魂術) 같은 것이오?"

섭혼술은 사술의 일종이며 사람의 정신을 혼미하게 만들어서 제 마음대로 조종하는 수법으로 심심상인하고는 근본적으로 다르다.

스으……

가만히 서 있는 화운룡에게서 반투명한 금빛의 빛줄기 하나가 솟구치는 것을 보고 운룡자는 움찔했다.

화운룡은 오른쪽 어깨에서 금빛 빛줄기 하나 즉, 무형강기를 솟구치게 해놓고 운룡자에게 말했다.

"당신을 제압해 놓고서 내가 하고 싶은 대로 할 수도 있지만 자발적이기를 원하오."

운룡자는 화운룡 어깨에서 솟구친 채 허공에 떠 있는 금빛 빛줄기를 보면서 아연실색했다.

그는 금빛 빛줄기가 무엇인지 모르지만 그것이 자신을 공격하면 막거나 피할 방법이 없음을 직감했다.

문득 그는 화운룡이 이 세상 사람이 아닌 것 같다는 생각이 들었다.

그러나 그도 일파의 지존이고 정파의 한 축을 담당하는 무림의 거목으로서 호락호락한 인물이 아니다.

"빈도와 귀하 사이에 기억해야 할 무엇이 있소? 기억이 없다면 구태여 이럴 필요가 없지 않겠소?"

나운정이 또 끼어들었다.

"구파일방이 주군의 수하였다는 말을 듣지 못했나요?"

그렇다면 당연히 곤륜파 장문인 운룡자도 화운룡의 수하였을 것이다.

그런데 어째서 운룡자가 그것을 기억하지 못하는 것인지 이해할 수가 없다.

그가 보기에 화운룡은 강제로 무언가를 하려는 것 같지가 않다. 화운룡은 곤륜파의 사활 같은 것에는 관심이 없으며 실제로 떠나려는 것을 운룡자가 붙잡았다.

잠시 생각하던 운룡자는 화운룡을 믿어보기로 했다.

"하려고 하는 것을 해보시오."

존북사왕에게 심각한 내상을 입은 상태에서 제압되어 죽을 날만 기다리고 있던 운룡자를 구해준 사람이 화운룡이다.

화운룡이 나쁜 마음을 먹었다면 구태여 이런 복잡한 절차를 거칠 이유가 없었을 것이다.

화운룡은 운룡자를 바닥에 가부좌로 앉힌 다음 자신도 그와 마주 보고 가부좌로 앉았다.

그는 운룡자의 몸을 음체로 만드는 것보다는 자신이 극음지기로 심지공을 전개하는 것이 나을 것이라고 판단했다.

문득 화운룡이 물었다.

"혹시 미타금강강기(彌陀金剛罡氣)를 배웠소?"

운룡자는 적잖이 놀랐다.

"그것은 본 파에서 오래전에 실전된 절학인데 귀하가 어찌

아는 것이오?"

"용봉대신력(龍鳳大神力)은 어떻소?"

운룡자는 놀라는 표정을 짓더니 고개를 가로저었다.

"그 두 절학은 오래전에 실전됐기에 본 파의 어느 누구도 배울 기회가 없었소. 그 절학들이 본 파에 전승됐다면 현재의 본 파가 이토록 무기력하지는 않을 게요."

그는 화운룡이 어째서 갑자기 곤륜파의 실전된 절학을 언급하는 것인지 의아했다.

화운룡은 운룡자의 궁금증을 풀어주지 않은 채 공력을 끌어올려 극음지기를 활성화시켰다. 이어서 두 손을 뻗어 운룡자의 양쪽 가슴에 밀착시켰다.

그는 극음지기로 심심상인을 전개하는 수법을 남자에게 처음 시전하는 것이므로 최대한 조심을 기하고 여차하면 즉시 공력을 거둘 태세를 갖추었다.

심심상인을 시전할 때 남녀끼리는 가슴을 맞대야 하는데 운룡자하고는 그런 자세를 취하고 싶은 생각이 없다.

만약 그런 자세를 취한다면 두 사람 다 민망해서 죽고 싶을 것이다.

화운룡은 극음지기를 두 팔에 모았다가 심지공을 일으켜서 운룡자에게 전해줄 미래의 부분적인 기억과 미타금강강기, 용봉대신력를 완벽하게 풀이한 구결을 주입시켰다.

"흐읍……!"

순간 운룡자가 갑자기 두 눈을 크게 뜨고는 세차게 몸을 떨어댔다.

화운룡이 가볍게 놀라서 쳐다보자 운룡자의 눈썹과 머리카락에 허연 서리가 앉았으며 입에서 새하얀 입김이 짙게 뿜어지고 있었다.

'극음지기가 너무 강하다.'

화운룡은 즉시 극음지기의 강도를 절반 이하로 낮추었다. 이대로 조금만 더 지체하다가는 운룡자의 몸이 얼음으로 변할 것이다.

이런 방법은 화운룡으로서는 처음 시도하는 것이라서 극음지기의 양을 어느 정도로 해야 할지 가늠할 수가 없어 이런 일이 벌어진 듯했다.

잠시 후, 운룡자의 눈썹과 머리의 서리가 사라졌고 입에서 흘러나오던 입김도 그쳤다.

"으으음……."

그런데 이번에는 운룡자가 미간을 잔뜩 찌푸리고 뺨이 심하게 씰룩거렸다.

화운룡이 자세히 살펴보니까 괴로워하는 것 같지는 않고 심심상인으로 인하여 새롭고도 놀라운 사실들이 한꺼번에 쏟아져 들어오는 바람에 몹시 놀란 것 같았다.

미래에 화운룡과 운룡자는 무슨 특별한 관계는 아니었다. 구파일방이 그에게 복종했기 때문에 단지 주군과 수하의 관계였을 뿐이다.

하지만 그런 단순한 관계는 화운룡에게만 적용될 뿐이지 미래의 기억을 접하게 된 운룡자의 놀라움, 아니, 경악은 어마어마한 것이다.

화운룡이 두 손을 떼고 물러나자 운룡자는 가부좌로 앉은 채 지그시 눈을 감고 미간을 잔뜩 찌푸리고 있었다.

나운정이 화운룡의 팔을 잡고 일으키면서 전음을 보냈다.

[이리 와서 차 드시면서 기다리세요. 저 사람은 오래 걸릴 것 같아요.]

나운정의 말대로 새로 주입된 미래의 기억을 이해하느라 운룡자는 꽤 오랜 시간을 허비했다.

더구나 화운룡이 미타금강강기와 용봉대신력을 완벽하게 풀이한 구결을 전해주었으므로 경악은 배가되었다.

운룡자는 정신을 겨우 수습한 후에 일어나 화운룡과 나운정이 앉아서 차를 마시고 있는 탁자로 다가왔다.

"이게 사실입니까?"

그의 말투가 변했다.

화운룡은 들고 있는 찻잔을 내려놓았다.

"섭혼술인 것 같소?"

"아닙니다. 현재 빈도의 정신은 그 어느 때보다도 상쾌하고 명료합니다."

그는 놀라움을 금치 못한 표정으로 조심스럽게 말했다.

"그렇다면 귀하께선 미래에서 오셨습니까?"

"그렇소."

"어떻게 그런 일이……."

그것에 대해서는 나운정도 궁금하던 터다.

화운룡은 이 년여 전 무황성 연공실에서의 그날을 회상하며 아련한 표정을 지었다.

"우화등선을 시도했다가 과거로 오게 됐소."

"아……."

나운정과 운룡자는 동시에 탄성을 터뜨렸다. 그 대답이면 충분하다.

무학에 발을 들여놓은 거의 모든 사람들의 최종 목적은 아마도 우화등선일 것이다.

살아 있는 몸을 지닌 채 신선이 된다는 것은 얼마나 근사한 일이겠는가.

화운룡이 그것을 시도했다가 과거로 오게 됐다는 말은 나운정과 운룡자를 충분히 납득시키고도 남았다.

나운정이 운룡자에게 물었다.

"주군께서 미래에 십절무황이며 천하제일인이셨다는 사실을 믿는 건가요?"

운룡자는 크게 고개를 끄떡였다.

"믿소."

그는 고개를 갸웃거렸다.

"그리고 이상한 것이 하나 있습니다."

화운룡이 담담하게 말했다.

"미타금강강기와 용봉대신력을 말하는 것이오?"

"그렇습니다. 어찌 된 일인지 그 두 개 절학의 구결들이 빈도의 뇌리에 생생합니다."

"내가 전해주었소."

"주군께서……."

"당신이 미타금강강기와 용봉대신력을 익혀서 제자들에게 가르친다면 장차 곤륜파는 강성해질 것이오."

운룡자는 크게 감격하여 뭐라고 말해야 할지를 몰랐다.

그는 곤륜파의 장로들과 일대제자들에게 미타금강강기와 용봉대신력을 전수하리라고 마음먹었다. 부뚜막의 소금도 넣어야 짠 법이다. 절학이라고 해서 장문인과 장로들만 배운다면 곤륜파는 언제까지나 무림의 변방 신세를 면하지 못할 것이다.

운룡자는 비로소 자세를 바로 하고 옷깃을 여민 후에 화운룡에게 큰절을 올렸다.

"주군, 빈도의 절을 받으십시오."

원래 구파일방 장문인이나 장로들은 어느 누구도 윗사람으로 받들지 않으며 자신을 수하라고 낮추지 않는다.

第八章
동혈대(東血隊)

　화운룡은 실내 바닥에 나운정과 운룡자를 반 장 간격을 두고 나란히 눕혔다.

　나운정과 운룡자는 화운룡이 무엇 때문에 자신들을 바닥에 눕혔는지 이유를 모르고 어리둥절한 얼굴이다.

　화운룡은 두 사람의 생사현관을 타통해 줄 생각이다. 이들을 만나서 장차 수하가 될 미래의 기억을 전해준 인연이라면 인연이고, 또한 이들의 공력이 약한 탓에 앞으로 천외신계에게 맥없이 당하게 되는 것이 싫었다.

　그래서 화운룡은 최소한 자신을 만나서 장차 수하가 될 미래의 기억을 전해준 사람들만이라도 조금이나마 강해져서 끝까지 살아남기를 원했다.

이들 두 사람의 생사현관을 타통해 준다면 천외신계 존왕 정도는 충분히 상대하게 될 것이다.

"움직이지 마라. 이제부터 생사현관을 타통해 줄 것이다."

"아……!"

나운정과 운룡자는 크게 놀라서 자신들도 모르게 상체를 벌떡 일으켜 앉았다.

방금 움직이지 말라고 한 화운룡의 말 같은 것은 까맣게 잊어버렸다.

두 사람은 설마 화운룡이 자신들의 생사현관을 타통해 줄 것이라고는 꿈에도 예상하지 못했다가 경악하여 아무 말도 하지 못하고 눈만 껌뻑거렸다.

화운룡이 담담하게 말했다.

"강해져라. 그래서 죽지 마라. 그것이 내가 너희들에게 바라는 것이다."

그 말이면 충분했다. 더 이상 무슨 말이 필요하겠는가. 화운룡의 진심은 넘치도록 두 사람에게 전해졌다.

나운정은 말할 것도 없거니와 구파일방의 하나인 곤륜파의 수장 운룡자라고 해도 생사현관 즉, 임독양맥을 타통하는 일은 꿈속에서나 이룰 수 있을 정도로 그저 요원하기만 한 평생의 과제였다.

그런데 화운룡이 그것을 이루어주겠다고 하니 너무도 감격하여 눈물이 솟구칠 일이다.

또한 운룡자 정도의 거목조차도 이루지 못해서 애면글면 속을 태우던 엄청난 일을 화운룡이 마치 식사 한 끼 대접하는 것처럼 아무렇지도 않게 해준다니, 그렇지 않아도 그가 신선처럼 여겨졌었는데 이제는 하늘보다 높은 존재로 보였다.

물론 두 사람은 화운룡이 생사현관을 타통해 준다는 말을 한 치의 의심 없이 믿었다.

"반각이면 끝날 테니 누워라."

더군다나 두 사람의 생사현관을 타통하는 데 반각밖에 걸리지 않는다는 것이다.

화운룡은 약속한 반각이 되기 전에 나운정과 운룡자의 생사현관을 무사히 타통시켜 주었다.

나운정과 운룡자가 바닥에 나란히 앉아서 연속 세 차례 운공조식을 하는 동안 화운룡은 탁자 앞에 앉아서 여유 있게 차를 마셨다.

어느덧 운공조식을 끝낸 두 사람은 바닥에 앉은 채 감격에 빠져서 일어날 줄을 몰랐다.

세 차례 연이은 운공조식으로 자신들의 임독양맥이 타통

되었으며 공력이 거의 곱절로 급증했다는 사실을 확인했지만 그것이 현실에서 일어난 일이라고 믿어지지 않았다.

나운정의 원래 공력은 백칠십 년 수준이었는데 졸지에 삼백 년으로 백삼십 년이나 증진되었다.

원래 생사현관이 타통되면 본래 공력의 두 배, 혹은 그 이상으로 증진되는데 나운정은 백칠십 년 공력인데도 백사십 년만 증진되었다.

그 이유는 그녀의 공력이 마공(魔功)에 근본을 두고 있기 때문이다.

정통무공 즉, 정파의 정종무공은 연마하는 과정이 매우 까다롭고 혹독한 반면에 일단 어느 정도 성취를 이루면 대단한 위력을 발휘한다.

그렇지만 정통무공의 가장 큰 단점은 연마하는 데 매우 오랜 세월이 소요된다는 사실이다.

구파일방과 무림팔대세가의 성명무공을 비롯한 거의 모든 정통무공들은 성취가 매우 느려서 겨우 흉내만 내는 데 십여 년, 무림에 나가 별호라도 얻으려면 최소한 십오 년에서 이십여 년 이상의 세월이 필요하다.

그처럼 정통무공의 연마에 긴 세월을 허비하는 것이 싫거나 그럴 시간이 없는 사람들이 만들어낸 것이 마공과 사공(邪功), 요공(妖功) 등이다.

정통무공에서 파생되어 나간 이런 무공들의 한 가지 공통점은 단시일 내에 속성으로 원하는 만큼의 성취를 이룰 수 있다는 사실이다.

그러나 속성이기 때문에 뿌리가 튼튼하지 않으며 공력을 바탕으로 하는 내가무공보다는 무기 위주의 병기수련술이 발달되었다는 특징이 있다.

그런 이유로 똑같은 백 년 공력이라고 해도 정통무공과 마공은 차이가 많이 난다.

마공을 연마한 나운정의 생사현관 타통 전의 공력은 백칠십 년이고 운룡자가 백사십 년이었다.

만약 두 사람이 장력으로 정면 승부를 벌인다면 막상막하이거나 운룡자가 근소한 차이로 우세할 것이다. 그것이 바로 정통무공과 마공의 차이점이다.

나운정은 생사현관이 타통되는 과정에 마공의 좋지 않은 기운이 깡그리 소멸되고 정통무공의 순수한 공력으로 환원되었기에 백삼십 년만 증진되어 삼백 년 공력이 되었다.

반면에 운룡자는 원래 백사십 년 공력이었지만 생사현관이 타통되면서 무려 백육십 년이 증진된 삼백 년 공력이 되었다.

그는 정통 중에서도 정통인 곤륜파 도가무공을 배웠기에 본래 공력의 곱절 이상으로 증진한 것이다.

두 사람은 세 차례 연이어서 운공조식을 끝냈지만 아무 말도 하지 못하고 그대로 바닥에 앉아서 이 폭풍 같은 감격과 기쁨을 주체하지 못하고 있다.

나운정은 당연하지만 운룡자마저 굵은 눈물을 뚝뚝 흘리면서 가늘게 몸을 떨어댔다.

운룡자는 부러질지언정 절대로 휘어지지 않는 강골 중에서도 강골이다.

그가 장문인으로 있는 곤륜파는 천외신계에 문파를 뺏긴 구파일방 문파들이 결성한 구림육파의 한 축이었다.

구림육파의 소림사와 화산파, 청성파가 원래의 목적인 천외신계와의 싸움을 포기하고 자파의 재건을 위해서 화운룡이 매월 지원한 황금 삽십만 냥이라는 엄청난 자금을 탕진하고 있을 때 운룡자는 그 제안을 일언지하에 물리치고 구림육파를 탈퇴하여 곤륜산행을 선택했다.

천외신계를 물리치고 무림을 구하라고 지원해 준 숭고한 자금을 사사롭게 사용할 수는 없다는 것이 운룡자의 올곧은 생각이었다.

그런 그가 제자들을 이끌고 갈 수 있는 곳은 곤륜파가 있는 곤륜산뿐이었다.

곤륜파는 천외신계가 장악하여 그곳을 거점으로 곤륜산 일대 신강성 전역을 지배하고 있으므로 운룡자가 곤륜산에 간들 뾰족한 방법이 없을 터.

그런데도 무림에, 그리고 구림육파에 환멸을 느낀 그가 갈 만한 곳은 곤륜산뿐이고 또 그곳에 가야만 했다.

그런데 만신창이가 되어 곤륜파로 향하던 운룡자와 곤륜파 제자들을 천외신계 천황파 북절신군의 사주를 받은 마련이 끈질기게 추격했다.

그런 절박한 순간에 화운룡이 나타나서 운룡자에게 이 같은 은총을 베푼 것이다.

두 사람은 눈물을 흘리면서 몸을 일으키더니 나란히 서서 화운룡에게 무릎을 꿇고 큰절을 올렸다.

"주군……."

"으흐흑… 주군……."

화운룡은 두 사람이 은혜니 뭐니 한바탕 눈물 바람을 일으킬까 봐 미리 차단했다.

"두 사람 다 아무 말 하지 마라."

그는 지금껏 꽤 많은 사람들에게 은혜를 베풀었으며 그때마다 그들에게 감사의 절과 인사를 받았는데 이제는 그게 꽤나 지겨워졌다.

하지만 그에게 크나큰 은혜를 받은 나운정과 운룡자로서는 감사의 인사를 올리는 것이 처음인데 말을 꺼내기도 전에 제지를 당해 버리자 무슨 말을 어떻게 해야 할지 몰라서 크게 당황했다.

화운룡은 쥐고 있는 찻잔의 남은 차를 마시고 나서 말했다.

"나는 자네들이 죽지 않고 살아남는다면 그것으로 족하다."

두 사람은 무릎을 꿇은 채 그저 물끄러미 화운룡을 바라볼 뿐 꿀 먹은 벙어리가 됐다.

한동안 그러고 있던 운룡자가 조심스럽게 입을 열었다.

"주군, 하나만 여쭙고 싶습니다."

"뭔가?"

생사현관을 타통해 준 이후에 화운룡은 운룡자에게 하대를 하고 있다.

원래 미래에서 화운룡은 운룡자를 비롯한 구파일방 장문인들에게 하대를 했었다.

운룡자는 매우 조심스러운 표정을 지었다.

"주군께선 미래에 천하제일인 무황성주이시며 십절무황이셨는데 과거로 돌아오신 현재에는 어떤 신분을 지니고 계신지 몹시 궁금합니다."

"아……."

운룡자 옆에 부복해 있는 나운정이 탄성을 터뜨렸다.

화운룡처럼 어마어마한 인물이 과거로 돌아와서 활동을 하고 있다면 당연히 어떤 신분을 갖고 있을 텐데 그걸 물어보는 것을 잊고 있었던 것이다.

화운룡은 처음 심심상인을 했을 때부터 얼마 전 손설효와 선봉까지는 자신의 기억을 제어할 수가 없어서, 지니고 있는 모든 기억을 전부 전해주었다.

하지만 이제는 원하는 기억만 떼어내서 전할 수 있는 능력이 생겼으므로 나운정과 운룡자에겐 꼭 필요한 기억만 전해주었기에, 화운룡의 현재에 대한 일은 전혀 모르는 것이다.

화운룡은 나운정과 운룡자가 초롱초롱한 눈으로 자신을 바라보면서 대답을 기다리는 모습을 보고는 대답을 하지 않을 수가 없게 되었다.

"나는 비룡공자다."

"아……."

"오오… 무량수불……."

두 사람은 크게 놀라서 탄성만 터뜨릴 뿐 한동안 아무 말도 하지 못했다.

당금 무림에서 비룡공자보다 더 유명하고 또 영향력을 지닌 별호는 단연코 없을 터이다.

가담항설(街談巷說) 천하의 거리마다 수많은 사람들이 떠들어대고 있는 소문의 절반 이상은 비룡공자에 대한 것이라고 해도 과언이 아니므로, 비룡공자에 대해서 더 이상 설명하는 것은 입만 아픈 일이다.

"주군께서 비룡공자셨다니……."

"세상에… 맙소사……."

두 사람은 그 말만 되풀이할 뿐이다.

한참이 지나서야 나운정이 아직 정신이 수습되지 않은 얼굴로 중얼거렸다.

"비룡공자는 천여황과 싸우다가 죽었다던데……."

화운룡은 그때가 생각이 나서 씁쓸한 표정을 지었다.

"죽었었지."

그는 그렇게 한마디만 말했으나 두 사람은 그 말만으로도 그와 천여황과의 싸움이 어땠었는지 충분히 짐작했다.

화운룡이 죽었다는 것은 그 당시가 그만큼 처절했고 또 절망적이었다는 뜻이다.

두 사람은 어느 날 갑자기 비룡공자가 중천에서 이글거리는 태양처럼 떠올랐다가 한날 아침의 이슬처럼 사라지면서 모든 것들을 잃었다는 소문을 들은 기억을 떠올렸다.

나운정이 착잡한 얼굴로 물었다.

"그럼 주군의 가족들을 모두 잃으셨나요?"

화운룡은 한동안 맞은편 벽을 응시하다가 고개를 끄떡였다.

"그렇다."

"아……."

나운정도 가족이 있다. 남편과 자식들, 그리고 친지들, 그들을 모두 잃는다는 것은 상상도 하지 못할 일이다.

나운정이 가족과 마련을 통째로 잃어버리는 것이고 운룡자가 곤륜파를 송두리째 잃은 것 같은 아픔을 화운룡이 겪었다는 뜻이다.

운룡자는 구림육파에 매달 금 삼십만 냥씩 지원한 사람이 비룡공자라는 사실을 알고 있다.

"주군, 구림육파에 지원하고 계시는 자금은……."

"신풍개와 혜성신니를 만나 거기에 대해서 잘 알게 되어 자금 지원을 끊기로 했다."

"잘하셨습니다."

운룡자는 크게 고개를 끄떡이고는 궁금한 듯 또 물었다.

"소림사와 화산파, 청성파는 어떻게 처리하실 생각이십니까?"

"내버려 둬야지 뭘 어쩌겠나?"

"그렇습니까?"

"관보는 죽었다."

"관보라면……."

운룡자와 나운정은 화운룡이 전해준 미래의 기억 속에서 관보가 화산파 장문인 자하선인의 속명이라는 사실을 떠올렸다.

"내게 덤벼들다가 죽었다."

자하선인의 교활하고 비뚤어진 성격을 잘 알고 있는 운룡자 얼굴에 미소가 피어났다.

"잘하셨습니다."

"이대로 가신다고요?"

화운룡이 떠날 채비를 하자 나운정은 금방이라도 울 것 같은 표정을 지었다.

그녀뿐만 아니라 운룡자도 착잡한 얼굴이다.

"어딜 가시는 겁니까?"

두 사람은 화운룡이 아내 옥봉을 구하러 가야 한다는 사실을 모르고 있다.

"천외신계에 간다."

화운룡의 대답에 나운정과 운룡자는 크게 놀랐다.

두 사람은 화운룡이 천하를 구하려고 천외신계의 최고 우두머리인 천여황이나 천황을 만나서 담판을 지으러 가는 것이라고 짐작했다.

화운룡은 두 사람이 오해했음을 알고 씁쓸하게 웃었다.

"순전히 내 개인적인 일로 천외신계에 가는 것이니까 오해하지 말도록."

그렇지만 두 사람은 화운룡처럼 엄청난 인물이 아무리 개인적인 일이라고 말해도 반드시 천하의 창생을 구하기 위해서 큰일을 하러 가는 것이라고 믿었다.

나운정은 아쉬움을 애써 감추고 공손히 절을 올렸다.

"주군께서 명하신 대로 저는 마련에서 와신상담 기다리고 있을 테니까 부디 옥체 보중하시고 무사히 돌아오세요."

운룡자도 나운정 옆에서 부복했다.

"빈도는 주군의 명을 받들어 제자들과 함께 화북대련에서 은인자중하며, 주군께서 돌아오시어 저희들을 이끌어주실 날만 기다리고 있겠습니다."

화운룡이 말에 올라서 장원의 전문을 나갈 때까지도 두 사람은 땅에 부복한 채 일어나지 않았다.

                    *   *   *

휘이잉!

천신국 북쪽 변방에 살을 찢어버릴 듯한 세찬 칼바람이 몰아치고 있다.

이곳은 끝이 보이지 않을 정도로 설원 눈벌판이 드넓게 펼쳐져 있는 곳이다.

그곳에 수백 개의 흰 인영(人影)들이 한쪽 방향으로 달려가고 있다.

전방에서 불어오고 있는 북풍한설은 너무도 거세어 개미

떼 같은 흰 인영들을 먼지처럼 날려 버릴 것만 같았다.

그런데도 흰 인영들은 풍랑이 세차게 몰아치는 바다의 흰 포말처럼 설원 위를 날렵하게 전진하고 있다.

흰 인영들은 흰 무명옷을 입은 사람이며 그 수가 삼백여 명에 이르렀다.

그들은 잠시만 서 있어도 얼어버릴 것 같은 극심한 추위 속에서 단지 얇은 무명옷 하나만 입고 있었다.

그들은 양어깨에는 기형의 쌍도(雙刀)를, 등 한복판에는 짧고 검은색의 단창(短槍)을, 한쪽 어깨엔 활과 화살이 담긴 전통(箭筒)을 메고 있으며, 허리에는 검은색의 가죽 주머니를 찬 모습이다.

이들 삼백여 명은 이곳에서 남쪽 백오십여 리 지점에 위치한 패가이호(貝加爾湖: 바이칼호)에서 닷새 동안의 극한 수련을 마치고 본거지로 돌아가고 있는 길이다.

닷새 전 패가이호에 극한 수련을 하러 갈 때는 이들의 수가 삼백이십오 명이었으나 지금은 삼백십삼 명으로 극한 수련을 하는 사흘 동안 십이 명이 목숨을 잃었다.

이 장 두께로 꽁꽁 얼어붙은 패가이호의 얼음을 깨고 물속으로 깊이 잠수하여 바닥 곳곳에 감춰놓은 신패를 획득해야 성공하는 수련이었다.

가장 깊은 곳의 수심이 무려 오백여 장에 달하는 패가이호

바닥 은밀한 곳곳에 감춰놓은 신패들을 찾아내는 것은 결코 쉬운 일이 아니다.

더구나 어느 한 지점이 아니라 반경 십여 리 이내 넓은 물속에서 찾아야 하는 것이므로 찾는 것보다는 찾지 못하는 일이 더 허다하다.

그 과정에 십이 명이 죽었는데 심해에 살고 있는 날쌔고 포악한 괴수(怪獸)들에게 잡아먹히거나 수면의 얼음 구멍을 찾지 못해 질식해서 죽은 것이다.

지난 일 년 동안 받은 혹독한 수련과 몇 가지 특수한 과정을 거친 이들은 웬만한 추위에는 끄떡도 하지 않으며 가사 상태나 반가사 상태가 아니고서도 물속에서 하루 종일 헤엄치고 다닐 수가 있다.

그런데도 얼음 구멍을 찾지 못해서 질식하여 죽었다면 최소한 이틀 이상 물속에서 견뎠다는 뜻이다.

패가이호 심해에는 수십 종류의 포악하고 거대한, 그리고 날렵한 괴수들이 서식하고 있는데 먹잇감이 줄어든 한겨울에 난데없이 물속으로 뛰어든 삼백여 개의 먹잇감들을 그냥 쳐다보고만 있을 리가 없다.

그 사흘 동안 심해 바닥에 감춰놓은 신패를 찾아낸 사람도 있고 찾지 못한 사람도 있다.

찾아낸 사람에게는 열흘 동안 꿀 같은 휴식을 취할 수 있는 포상이, 찾지 못한 사람은 그에 상응하는 매서운 벌칙이 내려질 것이다.

동혈칠십팔호(東血七十八號)는 같은 동혈대(東血隊)의 동혈칠십구호(東血七十九號) 오른쪽 곁을 그림자처럼 바싹 붙어서 달리며 힐끗 재빨리 뒤를 돌아보았다.

두 사람 뒤쪽에 따르고 있는 사람이 백오십 명 이상이다. 그렇다면 총 삼백여 명 중에 중간에서 달리는 것이므로 칠십팔호는 조금 안도했다.

이곳의 삼백십삼 명은 모두 동혈대 소속이다. 동서남북 사방혈대(四方血隊) 중에서 동혈대인 것이다.

동혈대가 창설된 최초에는 삼천 명이었는데 일 년하고 두 달이 지나는 동안 십분지 일인 삼백여 명만 살아남았다.

이천칠백여 명은 죽음보다 더 지독한 수련 과정에서 죽었다. 먼저 죽은 그들에게 영혼이 있다면 자신들이 죽었다는 사실을 퍽 다행으로 여길 터이다. 그 정도로 동혈대의 수련 과정은 지옥 같았다.

[칠십구호, 조금 천천히 가도 돼.]

칠십팔호가 칠십구호에게 메마른 목소리로 전음을 보냈다.

칠십구호는 전력을 다해서 경공을 전개하다가 칠십팔호를 쳐다보았다.

원래 이들은 따로 이름이 있었다. 칠십팔호는 주자봉, 칠십구호는 주옥봉이라는 아리따운 이름이 있었다.

그런데 어느 날 갑자기 그녀들이 하녀로 지내던 곳에서 무작정 어디론가 끌려가 동혈대라는 곳에 소속되고는 동혈칠십팔호와 동혈칠십구호라는 새로운 호칭을 부여받고 새로운 지옥 생활을 시작했다.

칠십팔호 자봉의 말에 칠십구호 옥봉은 조금 속도를 늦추며 가쁜 숨을 몰아쉬었다.

"하아아… 하아……."

일 년 오 개월 전에 갑자기 일어난 몇 가지 불행한 사건들 중 하나는 이들 두 여자가 자신들의 이름은 물론이고 원래 지니고 있던 모든 기억들이 특수한 약물과 지독한 섭혼술에 의해서 깡그리 지워졌다는 사실이다.

그렇기 때문에 이들 두 여자는 예전에 자신들이 친자매보다 더 친했었다는 사실을 까맣게 모르고 있다.

다만 칠십호부터 칠십구호까지 열 명이 같은 조(組)에 속해 있는 탓에 함께 숙소를 사용하고, 지금까지의 모든 수련 과정을 한 몸처럼 같이 견뎌왔기에 친숙해진 것이다.

그리고 동혈대 칠십조에서도 이들 두 사람 칠십팔호와 칠십구호의 사이는 조금 더 각별한 편이다.

원래 천외신계에게 멸문을 당한 비룡은월문의 모든 식솔들이 천외신계로 끌려갈 때 옥봉과 자봉은 신분을 감춘 채 하녀로 위장했다.

비룡은월문 내에서 옥봉과 자봉의 존재나 신분을 알고 있는 사람은 거의 없었기 때문에 두 여자가 신분을 위장하는 일은 그리 어렵지 않았다.

사촌간이지만 친자매보다 더 가까운 사이인 두 여자는 천외신계로 끌려가는 내내 찰떡처럼 붙어서 떨어지지 않았다.

그 덕분에 두 여자는 천외신계에서 같은 곳에 배치되었는데 바로 동천국 존동삼왕의 시녀가 된 것이다.

옥봉과 자봉은 뛰어난 미모를 감추기 위해서 비룡은월문이 멸문할 때부터 얼굴에 더러운 오물을 묻히고는 줄곧 씻지 않아서 지저분한 몰골이었기에, 미모 때문에 변을 당하는 일은 벌어지지 않았다.

또한 동천국 존동삼왕의 궁전에는 천외신계가 정복한 지역이나 나라에서 끌려와 시녀가 된 여자가 수백 명에 이르렀으므로, 옥봉과 자봉은 그녀들 속에 자연스럽게 스며들어서 시녀 생활을 하여 눈에 띄지 않았다.

노예가 되어 천외신계로 끌려오면서 비룡은월문 사람들은 뿔뿔이 흩어졌지만 옥봉과 자봉은 떨어지지 않으려고 필사적으로 노력했으며, 또한 어느 정도의 운도 따라주어서 존동삼왕의 궁전에서도 주방의 허드렛일을 하는 곳에 같이 배치되고 숙소도 같이 쓸 수 있게 되었다.

비룡은월문 운룡재에 같이 있다가 천외신계가 들이닥치는 바람에 변을 당했던 옥봉과 자봉은 화운룡이 어떻게 됐는지에 대한 소문을 일절 듣지 못했다.

그리고 이후로도 화운룡이나 그에 연관된 소문은 아무것도 들은 것이 없었다.

그래서 그녀들은 이렇게 숨죽인 채 기다리고 있으면 언젠가는 화운룡이 자신들을 구하러 올 것이라고 굳게 믿으면서 매일 밤마다 서로를 위로하며 눈물로 지냈다.

하지만 그런 기다림도 두 달을 넘기지 못하고 산산이 깨어지고 말았다.

어느 날 일단의 천외신계 고수들이 존동삼왕의 궁전에 들이닥치더니 남녀 불문하고 십오 세에서 삼십 세까지의 하인과 시녀들을 닥치는 대로 잡아서 끌고 갔다.

그러고는 특수한 약물과 섭혼술로 인성이 마비되어 과거의 기억을 잊은 채 사방혈대에 배치된 것이다.

끄어엉—!

그때 뒤쪽 먼 곳에서 기이한 포효성이 들려왔다.

칠십팔호 자봉이 무심한 얼굴로 뒤돌아보면서 칠십구호 옥봉에게 전음을 보냈다.

[백거랑(白巨狼)이다. 도망쳐야 해.]

자봉은 반사적으로 앞질러 쏘아가다가 힐끗 뒤돌아보았다.

옥봉은 전력을 다하는데 자봉하고의 거리가 점점 멀어졌다.

자봉은 예전에 하북팽가에서 수년 동안 무공을 배워서 일류고수 수준이었기에 무공에 입문한 지 일 년 오 개월밖에 되지 않은 옥봉에 비해 절반 정도 고강한 편이다.

그렇지만 동혈대 평균 무공 수위는 동혈대원 한 명이 무림의 상급 일류고수 세 명을 한꺼번에 상대할 수 있을 정도의 막강한 수준이다. 무림에서는 그 정도 수준을 절정고수라고 부르기도 한다.

무공에 문외한인 옥봉을 불과 일 년 오 개월 만에 절정고수 수준으로 만드는 것은 불가능한 일이다.

그렇지만 편법이라면 가능할 수도 있으며, 편법에는 여러 방법들이 있다.

특수하게 제조된 약물과 전설의 여러 영물, 약초들을 매끼마다 복용하고, 초극에 이른 고수가 생사현관을 타통해 주었다면 일 년 오 개월 만에 절정고수가 되는 일이 불가능한 것만은 아닐 터이다.

그렇지만 절정고수 수준인 동혈대원들이라고 해도 전설의 북국(北國) 괴수 중에 하나인 백거랑에게는 한낱 먹잇감에 불과할 뿐이다.

삼백여 명의 동혈대가 달리고 있는 뒤쪽에서 눈처럼 흰 물체들이 추격하고 있다.

그런데 삼백여 장의 먼 거리인데도 흰 물체들이 매우 큰, 아니, 거대하다는 사실을 알 수가 있다.

흰 물체 즉, 백거랑은 한두 마리가 아니라 십여 마리에 달하며 매우 빠른 속도로 동혈대를 추격하고 있다.

백거랑은 이곳 북국의 설원과 산, 그리고 숲에서만 살고 있는 전설의 영물이다.

늑대의 모습이며 전신이 눈처럼 희고 눈만 핏빛으로 붉은데, 놀랍게도 크기가 코끼리만 했다.

끄어엉! 꺼흥!

십여 마리 백거랑들은 한 번에 무려 오륙 장씩이나 도약하면서 동혈대를 맹추격하고 있다.

동혈대는 한 달에 두세 차례 멀리까지 원정 수련을 다녀오는데 그때마다 어김없이 백거랑을 비롯한 괴수들이 나타나서 괴롭혔다.

지금까지 백거랑이나 괴수들에게 잡아먹힌 동혈대원은 무려 오백여 명에 달한다.

저기 두 눈에 시뻘건 불을 켜고 추격하고 있는 백거랑들이 오백여 동혈대원들의 피와 살을 뜯어 먹고 형성된 것이다.

동혈대원들이 백거랑과 마주치게 되면 방법은 하나다.

오로지 도망치는 것뿐이다. 맞서 싸우거나 어딘가에 숨는 것은 죽음을 재촉하는 행동이다.

동혈대원 수십 명이 백거랑 한 마리에게 합공을 퍼부어봤지만 헛수고였다.

백거랑의 몸은 창칼로도 뚫을 수 없을 정도로 단단한 데다 워낙 민첩해서 발톱에 한 번 스치거나 이빨에 물리기만 해도 몸이 갈가리 찢어지고 만다.

동혈대, 아니, 동혈대뿐만이 아니라 사방혈대 서혈대와 남혈대, 북혈대를 통틀어서 백거랑과 싸워서 살아남거나 백거랑을 죽였다는 사방혈대원은 아무도 없다.

동혈대들 중에서 가장 고강한 자봉은 단 한 번도 백거랑과 맞부딪친 적이 없었다.

그런 위험한 상황을 초래하기 전에 이미 멀찌감치 도망쳐버리기 때문이다.

여태껏 자봉은 옥봉이 위험에 처할 때마다 도움의 손길을 뻗어서 그녀를 구했다.

자봉이 아니었다면 옥봉은 이미 오래전에 죽은 동혈대원의 명단에 번호를 올렸을 것이다.

자봉이 옥봉에게 번번이 도움의 손길을 뻗은 이유는 그녀가 동혈대 같은 칠십조의 동료이며 한방에서 기거하는 동료이기 때문만이 아니다.

자봉은 왠지 모르게 옥봉에게 끌리는 무언가가 있었다.

그것은 본능적이어서, 갈증을 느끼면 물을 찾는 것처럼 자연스러운 감정이고 행동이었다.

또한 그러는 것은 옥봉도 마찬가지였다. 천외신계는 특수한 약물과 강력한 섭혼술로 전체 사방혈대원의 기억을 지우고 인성을 마비시켰지만 옥봉과 자봉의 본능 속에 깊이 잠들어 있는 서로에 대한 끈끈한 감정만은 어쩌지 못한 것 같다.

자봉은 속도를 조금 늦추면서 옥봉에게 손을 뻗으며 뒤쪽을 쳐다보았다.

포악한 백거랑들이 이미 동혈대원들의 끄트머리에 따라붙고 있는 중이다.

전방에는 영원할 것 같았던 눈 덮인 설원이 끝나고 어느덧 계곡으로 변해 있었다.

오백여 장 길이의 계곡을 지나면 강이 나타나는데 그곳에 동혈대원들을 본거지로 운반할 배가 대기하고 있다. 오늘만이 아니라 항상 그랬다.

동혈대원들이 배에 타기만 하면 백거랑은 더 이상 쫓아오지 못한다.

그 강은 패가이호에서 발원하는 안가랍하(安加拉河: 앙가라강)인데 북쪽으로 구불구불 서백리아(西伯利亞: 시베리아)를 가로질러서 북극해까지 칠천여 리나 흘러간다.

자봉은 옥봉의 손을 잡자마자 전력을 다해서 계곡을 달리기 시작했다.

끄와앙!

"으아악!"

"꺄악!"

계곡 밖 후미에서 백거랑의 포효와 동혈대원의 처절한 비명 소리가 터졌다.

백거랑들이 동혈대 후미를 덮쳐서 순식간에 십오륙 명의 동혈대원 몸을 물어뜯고 찢어발겼다.

백거랑 몇 마리는 동혈대원을 입에 물고 발톱으로 할퀴어 찢으면서 게걸스럽게 먹어댔다.

그리고 다른 몇 마리는 피를 콸콸 쏟는 동혈대원을 입에 문 채 다른 동혈대원을 계속 뒤쫓았다.

보통 백거랑 십여 마리가 나타나면 마리당 동혈대원 대여섯 명은 잡아먹어야지만 피의 축제를 끝낸다.

만약 자봉이 아니었으면 모르긴 해도 옥봉은 여러 차례 백거랑을 비롯한 여러 괴수들과 직면했을 것이다.

옥봉과 자봉은 동혈대 중간쯤에서 달리고 있으므로 계곡이 끝나고 강에서 대기하고 있는 배에 오를 때까지 백거랑들에게 위협을 받지는 않을 것이다.

그렇지만 옥봉과 자봉이 달리고 있는 동안에도 후미에서

계속 처절한 비명 소리가 터졌다.

휘익! 휙!

옥봉과 자봉은 땅을 힘껏 박차고 강에 떠 있는 거선을 향해 몸을 날렸다.

강가에서 거선까지의 거리는 십오륙 장. 아무리 절정고수라고 해도 두 번 정도에 나누어서 도약을 해야지만 도달할 수 있는 거리다.

옥봉과 자봉은 강가와 거선 사이에 떠 있는 작은 나룻배를 살짝 딛고 다시 도약하여 거선 갑판에 사뿐히 내려섰다.

처척!

갑판에는 동혈대원 수십 명이 이미 도착해 있었고, 옥봉과 자봉을 뒤따라 줄줄이 갑판에 내려서기도 했다.

끄아앙!

"아악!"

강가까지 쫓아온 백거랑들이 동혈대원 몇 명을 마지막으로 물어뜯었다.

옥봉과 자봉은 갑판 난간가에 나란히 서서 백거랑들이 십여 명의 동혈대원들을 갈가리 찢어발기면서 뜯어 먹는 광경을 물끄러미 지켜보았다.

동료들의 몸이 찢어지고 백거랑에게 먹히는 광경을 보면서도 옥봉과 자봉을 비롯한 다른 동혈대원들의 얼굴에는 공포나 연민 따위의 그 어떤 표정도 떠올라 있지 않았다.

떠오른 것이 있다면 무심(無心)뿐이다.

크르르르……

강가의 백거랑들은 입에서 피를 뚝뚝 흘리면서 잠시 거선을 쳐다보다가 발길을 돌려 어슬렁거리면서 왔던 길을 되돌아갔다.

놈들은 한 번 도약에 충분히 거선까지 도달할 수 있을 텐데도 언제나 강가까지만 맹추격을 했다가 발길을 돌렸다.

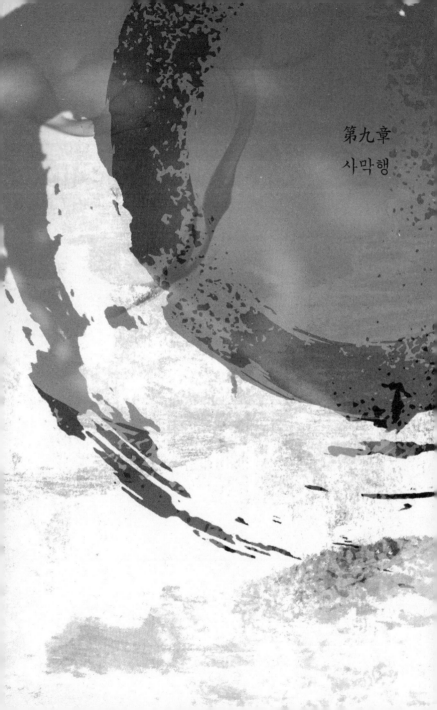

第九章
사막행

"정렬하라!"

그때 카랑카랑한 목소리가 들리자마자 동혈대원들이 일사불란하게 움직여 거선의 갑판에 열 지어서 정렬했다.

거선의 앞쪽 갑판과 뒤쪽 갑판에 정렬한 동혈대원들의 얼굴에는 아무런 표정도 떠올라 있지 않았다.

옥봉과 자봉은 대열의 중간에 파묻히듯 나란히 서 있다.

조금 전 백거랑에게 삼십오 명이 잡아먹혀서 동혈대는 이제 이백칠십팔 명이 남았다.

"신표를 획득한 대원은 서 있고 다른 대원은 앉아라."

앞쪽 갑판과 뒤쪽 갑판 중간의 선실 삼 층에서 한 인물이 아래를 굽어보며 말했다.

조금 전까지 동혈대원들이 백거랑에게 쫓기면서 생사를 넘나들었지만 그것에 연연하는 사람은 아무도 없다.

자봉이 슬쩍 옥봉의 손에 신표 하나를 쥐여주었다.

옥봉은 놀라지도 기뻐하지도 않는 무표정한 얼굴이며 손에 있는 신표를 쳐다보지도 않았다.

일어서 있는 동혈대원은 팔십여 명 남짓이고 나머지 이백여 명이 그 자리에 앉았다.

선실 삼 층 누대에 서 있는 사내는 흑의를 입고 있지만 사실은 그의 목뒤에 태어날 때부터 세 개의 금성문(金星紋)이 새겨져 있다.

그것은 그가 천외신계 색성칠위 최고 등급인 금성족 중에서도 최상위 삼금성(三金星)이라는 뜻이다.

삼금성을 금투총령사라고도 하며 천외신계 천성오국 각국에 다섯 명씩 총 이십오 명이 있다.

선실 삼 층 누대에 서 있는 금투총령사가 바로 동혈대주이며 동혈대원들의 생사여탈권을 쥐고 있는 인물이다.

동혈대주가 조용한 목소리로 말했다.

"두 개 이상의 신표를 확보한 대원이 있으면 손을 들어라."

자봉이 손을 들었다.

"몇 개냐?"

"세 개입니다."

패가이호 수심 삼백 장 깊이 반경 십여 리 이내에 신표 백 개를 감추었는데 정확하게 팔십이 명이 신표 하나씩을 획득했 으며 두 개 이상 획득한 대원은 자봉이 유일했다.

동혈대주가 자봉을 가리켰다.

"신표 하나 획득자에게 화승단(和僧丹)을 지급하고 세 개 획 득자에겐 화승단 세 알을 지급한다. 또한 모두에게 십 일 동 안의 휴식을 명한다."

화승단이라는 매우 특별한 환약은 한 알을 복용하면 공력 십 년이 증진될뿐더러 하루 종일 혼곤한 상태에서 기분이 매 우 좋아진다.

동혈대원들은 공력이 십 년이든 이십 년이든 증진되는 것에 는 아무런 흥미를 느끼지 못하지만 화승단을 복용했을 때 맛 보는 몽롱한 느낌이 좋아서 기를 쓰고 신표를 획득하려고 한 다.

무려 세 개의 신표를 획득한 자봉의 얼굴에는 기쁜 기색이 한 올도 없는 절대무심함이 떠올라 있으며, 또한 동혈대원 어 느 누구도 그녀를 보면서 부러워하지 않았다.

패가이호 물속에 들어가 신표를 찾으라고 해서 찾다가 세 개를 획득한 것이므로 기쁠 일이 없다.

"칠십팔호를 남기고 모두 앉아라."

동혈대주의 명령에 팔십여 명이 일사불란하게 그 자리에 앉고 자봉 혼자만 서 있다.

칠십팔호 자봉은 동혈대원들 중에서 언제나 압도적으로 월등한 성적을 거두었으며 오늘도 예외가 아니다.

"동혈칠십팔호를 부대주로 임명하고 동혈대원들에 대한 지휘권과 즉결처분 권한을 주며 북방괴수(北方怪獸)들을 부릴 수 있는 능력을 부여하겠다."

자봉은 꼿꼿하게 선 채 대답했다.

"명을 받듭니다."

＊　　　　＊　　　　＊

화운룡은 북경을 출발한 지 사십여 일 만에 천외신계에 도착했다.

그가 신강을 벗어나 최초로 천외신계에 발을 디딘 곳은 합륭극사단(哈薩克斯但: 카자흐스탄) 동남쪽 몽고대사막이다.

몽고대사막 주위 이천여 리는 천외신계 천신오국 중에서 남천국에 해당하며 몽고족 사백오십만 명이 거주하고 있다.

화운룡은 남천국의 남쪽에서 가장 큰 성읍인 유화현(油化)으로 들어서는 관문에서 검문을 받았다.

그는 이곳에서 처음으로 동초후가 준 동후신패를 내보였
다.

검문을 하고 있는 남천국 녹보들은 동후신패를 보더니 소
스라치게 놀라며 그 자리에 얼어붙었다.

동후신패는 동천국의 국왕이며 제후인 동초후를 대신하는
신패이니 그를 대면하는 것과 같다.

십여 명의 녹보들이 그 자리에 납작하게 엎드렸다.

"동천국 전하를 뵈옵니다."

화운룡은 조금 당황했다. 동후신패가 이 정도의 위력을 지
니고 있을 줄은 몰랐다.

그러나 그는 녹보들이 하는 말을 알아듣지 못했다. 그들이
사용하는 언어는 몽고어였다.

화운룡은 평생 몽고어를 접한 적이 손가락으로 꼽을 정도
로 드물었다.

다만 녹보들이 혼비백산하여 바닥에 납작하게 부복하는 것
을 보고 동후신패의 위력이 대단하다고 여긴 것이다.

"한어를 아느냐?"

그의 말에 검문하는 녹보들의 우두머리인 양녹성 녹사가
부복한 채 공손히 아뢰었다.

"제가 알고 있습니다."

화운룡은 말고삐를 쥔 채 고개를 끄떡였다.

"동천국에 가려고 하는데 어찌해야 하느냐?"

녹사는 고개를 들다가 화운룡과 시선이 마주치자 크게 놀라서 급히 고개를 조아렸다.

"직계상전에게 보고하여 방법을 찾겠사오니 전하께선 잠시 기다려 주십시오."

화운룡은 일이 커지는 것이 꺼려졌다.

"직계상전이 누구냐?"

"녹정이며 이곳 동쪽 관문의 담당관입니다."

"그를 불러라."

녹정이라면 녹성문 최고 등급인 삼녹성이다.

열을 세기도 전에 삼녹성인 녹정이 나타나 화운룡 앞에 부복했다.

"전하를 뵈옵니다."

화운룡은 거두절미 본론을 말했다.

"동천국에 가야 하는데 나는 여기가 초행길이다."

"직계상전에게 보고를 올리겠습니다."

또 직계상전에게 보고를 한다는 것이다. 아무래도 동후신패를 지닌 인물에 대한 일은 녹정 정도의 신분으로는 감당할 수 없는 것 같았다.

"어느 정도 신분이면 위에 보고하지 않고 나를 동천국에 안내할 수 있겠느냐?"

녹정은 화운룡이 어째서 그런 질문을 하는 것인지를 생각하는 것 같았다.

"나는 내가 이곳에 온 것을 비밀로 하고 싶다."

"아……."

"그러니 이 일을 해결할 수 있는 자를 불러라."

"그리하겠습니다."

녹정은 공손히 대답하고는 화운룡을 근처의 어느 주루로 안내하더니 주인에게 뭐라고 당부를 했다.

주인이 직접 화운룡을 이 층의 특실로 안내했다. 그곳은 다른 자리와 구별이 되게 칸막이가 쳐져 있으며 창밖의 경치가 매우 훌륭했다.

녹정이 공손히 허리를 굽혔다.

"그럼 잠시 편히 쉬고 계십시오."

녹정이 물러간 후에 주인이 화운룡에게 어떤 요리와 술을 좋아하느냐고 물었다.

화운룡은 어떤 요리와 술이 괜찮으냐고 묻고는 주인이 대답하는 것을 주문했다.

화운룡은 절을 하고 물러가려는 주인에게 넌지시 물었다.

"이 주루는 해운상단하고 관계가 있소?"

주인이 멈칫하더니 천천히 돌아서는데 얼굴에 떠오른 놀라움을 억제하려는 기색이 역력했다.

화운룡은 조금 전에 이곳 주루에 들어설 때 현판에 '양운객점(洋雲客店)'이라고 적혀 있는 것을 보았었다.

'양운'의 '양(洋)'은 바다라는 뜻으로 '해(海)'와 같은 뜻이다. 그렇게 풀이한다면 이 주루의 이름이 '해운객점'이라고 할 수도 있는 것이다.

모래뿐인 몽고대사막이 팔 할을 차지하고 나머지 이 할만이 초지인 이곳 남천국의 주루 이름이 '양운'이라는 사실은 특이해서 무언가 사연이 있을 것 같았다.

주인은 조심스럽게 화운룡을 살피면서 말했다.

"어디 해운상단을 말씀하시는 것입니까?"

"남경 춘예대로에 있는 해운상단이오."

"아……."

주인의 얼굴에 놀람과 반가움이 넘실거렸다.

"실례지만 뉘십니까?"

화운룡은 빙그레 미소 지었다.

"해운상단 총단주가 내 누님이시오."

"아아……."

해운상단은 남경에서조차도 그다지 유명하지 않은 소규모 상단이고, 그곳의 총단주인 화문영은 천하에 전혀 알려지지 않았다.

바로 그곳이 거대상단인 대륙상단을 흡수하여 몸집을 열 배 이상 불린 해룡상단의 본거지라는 사실을 알고 있는 사람은 해룡상단 사람들뿐이다.

주인은 주위를 둘러보더니 아무도 없음을 확인하고는 즉시 그 자리에 부복하려고 몸을 굽혔다.

그러나 화운룡이 부드러운 잠력을 흘려냈으므로 주인은 부복하려는 뜻을 이루지 못했다.

주인은 화운룡이 그저 담담한 얼굴로 앉아 있는 모습을 보고는 놀라움을 감추지 못했다.

그는 해운상단 총단주 화문영의 남동생이 누구라는 사실을 너무도 잘 알고 있다.

바로 비룡공자 화운룡이다. 비룡공자라는 별호가 얼마나 유명한지 이곳 남천국, 아니, 천신오국 전체에서도 모르는 사람이 없을 정도다.

양운객점의 주인 변진공(弁進孔)은 죽었다는 소문이 자자했던 비룡공자가 자신의 눈앞에 버젓이 앉아 있다는 사실을 믿을 수 없다는 표정이다.

그렇지만 소문으로 들었던 비룡공자의 모습과 너무도 똑같은 화운룡을 보고는 반신반의했다.

"돌아가시지 않으셨습니까?"

그래서 용기를 내어 물어볼 수밖에 없었다.

"보다시피 살아 있소."

변진공은 감격스러운 표정을 지었다.

"정말 다행입니다……! 이렇게 총단주를 뵙게 되다니……."

해룡상단의 실질적인 총단주는 화운룡이다.

화운룡은 해룡상단 휘하의 주루가 남천국 한복판에서 버젓이 영업을 하고 있다는 사실이 뜻밖이었다.

"이곳까지 본 단이 진출한 것이오?"

변진공은 어깨를 으쓱거리면서 조금쯤은 자랑스러운 표정으로 말했다.

"해룡상단이라고 드러내 놓을 수는 없지만 본 단은 여러 방면에서 남천국에 깊숙이 뿌리를 내리고 있습니다."

"그렇소?"

"현재 남천국 전역에 이십여 개의 주루와 기루가, 그리고 천신오국 전체로 봤을 때에는 이백오십여 개의 주루와 기루가 영업 중입니다. 하지만 그것은 천신오국에 진출해 있는 본 단 전체 세력의 일 할에도 못 미치는 수준입니다."

화운룡은 적잖이 놀랐다.

"허어… 대단하구려."

변진공은 의미 있는 미소를 지었다.

"하나만 말씀드리겠습니다. 본 단이 천신오국에서 물러난다면 대혼란이 벌어질 것입니다. 필경 천신오국의 기반이 뿌리째 무너지고 말 겁니다."

화운룡은 고개를 끄떡였다.

"그 정도로군."

"본 단은 전원 중원인으로 이루어졌지만 이곳에서는 남천국이나 동천국 사람으로 행세하고 있습니다."

변진공은 아까부터 묻고 싶었던 것을 조심스럽게 물었다.

"하온데 이곳까지는 어인 일이십니까?"

"사람을 찾으러 왔소."

화운룡은 솔직하게 말했다. 변진공의 도움을 얻으려면 그래야만 한다.

"찾으시려는 분에 대한 정보가 있으십니까?"

"동천국 동삼왕의 시녀로 있다고 들었소."

변진공은 진지한 표정을 지었다.

"존왕입니까?"

"그렇소."

"천신오국 각 나라에는 네 명씩의 존왕이 있으며 나라를 사 등분 한 영지의 영주입니다."

"알고 있소."

변진공이 공손하게 말했다.

"제가 주군께서 찾으시는 분에 대해서 알아봐도 되겠습

니까?"

화운룡은 기대 어린 표정을 지었다.

"알아볼 수 있겠소?"

변진공은 엷은 미소를 지었다.

"우리 상권의 정보망을 이용하면 어려운 일이 아닙니다."

화운룡은 망망대해에서 조각배 한 척을 만난 기분이었다.

"부탁하오."

이어서 그는 비룡은월문에서 끌려온 사람들에 대한 얘기와 특히 자봉과 옥봉에 대해서 비교적 자세히 설명해 주었다.

"원래 저희는 비룡은월문에서 천신오국으로 끌려온 사람들에 대해서 파악하고 있었습니다."

"하면, 동천국 동삼왕 궁전의 시녀들에 대해서도 알고 있는 것이오?"

"자세한 것은 모르지만 대충 알고 있을 것입니다."

변진공이 공손히 물었다.

"알아보는 동안 주군께선 이곳에 머무시면서 그분들에 대한 소식을 들으시겠습니까? 아니면 동천국으로 가시겠습니까?"

"가겠소."

마음이 급한 화운룡이 이곳에서 버젓하게 앉아 옥봉과 자봉의 소식이 오기만을 기다릴 수는 없는 노릇이다.

남천국 동쪽 관문을 지키는 우두머리 녹정은 반시진 후에
양운객점에 나타났다.

녹정과 그를 따라온 금의를 입은 인물이 나란히 부복하고
절을 올렸다.

"남천국 외곽 십육 개 관문을 총괄하는 총령사입니다. 야
말(野沫)이 전하를 뵈옵니다."

금의를 입고 있는 것으로 미루어서 색성칠위 최고 등급인
금성족이며, 세 개의 금성문 삼금성을 목뒤에 새긴 금투총령
사가 분명하다.

일국에 다섯 명밖에 없다는 금투총령사가 남천국의 관문
을 관할하는 최고 우두머리인 것이다.

금투총령사는 부복한 채 고개도 들지 못하고 말했다.

"동천국에 가시렵니까?"

"그렇다. 간섭받지 않고 편히 갈 수 있겠느냐?"

"방법을 가져왔습니다."

녹정에게 미리 얘기를 전해 들은 금투총령사 야말은 나름
대로 준비를 갖춘 모양이다.

*   *   *

금투총령사 야말의 방법은 자신이 직접 화운룡을 모시고 동천국까지 가는 것이다.

그는 아주 묘한 마차를 준비했다. 하지만 말이 끄는 것이 아니라 낙타가 끄는 마차다.

더구나 앞에서 낙타 네 마리가 끌고 뒤에서 또 네 마리가 밀고 있는 특이한 마차다.

낙타와 마차는 줄로 연결된 것이 아니라 단단한 쇠기둥으로 연결되었기에 끌면서도 밀 수 있는 것이다.

또한 마차에 당연히 있어야 할 바퀴가 없다. 대신 눈썰매처럼 곡선의 넓적한 받침이 양쪽 바닥에 부착되어 있어서 사막 지대에서는 제격일 듯했다.

전체 여덟 마리 낙타에는 금투총령사 야말과 그가 데리고 온 금투정수 여섯 명이 탔으며, 한 마리 낙타에는 유화현 양운객점 주인 변진공이 데려가라고 추천한 호위 고수가 한 명 타고 있다.

변진공의 아들인 변섭(卞燮)이라는 이십팔 세 청년인데 화운룡의 잔심부름도 하고, 변진공이 소식을 전하면 그것을 받아서 화운룡에게 알리는 역할을 맡았다.

그리고 꽤나 넓은 마차 안에는 어이없게도 두 명의 시녀가 동승해 있었다.

시녀들이 한어를 유창하게 구사하는 것으로 봐서 야말이

특별히 고른 시녀들인 것 같다.

마차의 실내는 길이 이 장에 폭 일 장 반으로 보통 마차의 두 배 이상 크기이며 그 안에서 숙식 등 웬만한 것들은 다 할 수 있도록 구비되어 있었다.

처음에 화운룡은 시녀들이 불편해서 그녀들을 데려가지 않겠다고 말했으나, 금투총령사 야말이 매우 곤란한 얼굴로 그렇게 하면 화운룡을 지근거리에서 모실 사람이 없으므로 대죄를 짓는 것이라며 제발 거두어달라고 애원을 했다.

그 광경을 지켜보고 있던 변진공도 화운룡이 시녀들을 거절해서는 안 된다는 듯한 표정으로 다른 사람들이 보지 않을 때 살짝 고개를 가로저었다.

화운룡은 푹신한 호랑이 가죽 위에 편한 자세로 앉아 있는데 앞쪽에는 시녀 두 명이 그를 향해 무릎을 꿇은 채 꼿꼿한 자세로 앉아 있다.

그런 자세로 출발한 지 한 시진이 지나자 그녀들 얼굴에 조금씩 힘든 표정이 나타났다.

그렇기에 그녀들보다도 보고 있는 화운룡이 더 힘들었다.

"편하게 앉아라."

"아… 아니옵니다. 괜찮습니다."

화운룡의 부드러운 말에 시녀들은 크게 놀라서 얼른 고개를 조아렸다.

그녀들은 자신들이 알지 못하는 사이에 무언가 잘못해서 화운룡이 그러는 것이라고 오해를 했다.

십오륙 세와 십칠팔 세로 보이는 두 시녀는 고개를 조아린 채 몸을 벌벌 떨었다.

"고개를 들어라."

두 시녀는 엎드린 채 고개만 간신히 들었다. 이 어린 시녀들은 금투총령사 야말에게 화운룡을 극진하게 모시라고 주의를 단단히 들은 모양이다.

화운룡은 전음이 아니라 자신의 뜻을 상대의 머릿속으로 전하는 이의전성(易意傳聲)의 수법을 발휘했다.

[편히 앉도록 해라. 말을 듣지 않으면 둘 다 마차 밖으로 던져 버리겠다.]

두 시녀는 고개를 들고 소스라치게 놀라는 표정으로 화운룡을 바라보았다.

너무 겁을 준 것 같아서 화운룡은 빙그레 미소를 지었다.

[너희들이 그런 자세로 불편하게 있으니까 보고 있는 내가 불편해서 그러는 것이다. 내 마음을 편하게 하려면 좀 편하게 앉아라.]

두 시녀는 세상에 이런 상전이 있나 하는 표정으로 눈을 커다랗게 뜨고 그를 바라보았다.

[동천국까지 꽤 오래 걸리는 먼 길인데 서로 편한 것이 좋지

않겠느냐?]

두 시녀가 반신반의하는 표정으로 눈을 깜빡이자 화운룡이 한쪽에 마련된 식단(食壇)을 가리켰다.

[차 한 잔 다오.]

화운룡의 눈물겨운(?) 노력 덕분에 두 시녀와의 사이가 조금쯤은 부드러워졌다.

화운룡은 두 시녀들이 말을 고분고분 듣게 하기 위해서 잠혼백령술을 사용하지는 않았다.

무공도 모르고 순진하기 짝이 없는 그녀들에게까지 그런 수법을 사용하고 싶지는 않았다.

여덟 마리 낙타들이 끌고 미는 마차는 유화현을 벗어나자마자 몽고대사막으로 들어섰다.

야말의 말에 의하면 이런 속도로 동천국까지 이십 일 정도가 걸린다고 했다.

화운룡이 혼자라면 이 사람 저 사람에게 물어서 며칠 이내로 갈 수 있겠지만 그렇게 하면 첫째, 안전하지 않을 것이고, 둘째, 동천국 동삼왕에 대한 정보를 얻지 못할 것이고, 셋째, 매우 적적할 것이다.

낙타대(駱駝隊)라고 하는 이런 이동수단은 사막에서 해가

지면 이동을 멈춘다고 한다. 밤에 사막을 이동하는 것은 매우 위험한 행동이라는 것이다.

야말의 수하 중에서 금투정수 두 명은 낙타대를 능수능란하게 다루고 몽고대사막의 지형을 손바닥 보듯 하는 인물들이라고 하는데, 과연 사막에서 해가 지기 전에 훌륭한 녹주(綠州: 오아시스)를 찾아냈다.

끝없이 펼쳐진 사막 한가운데에 맑은 물이 샘솟고 있는 연못과 나무, 그리고 자그마한 초원지대가 존재한다는 사실이 신기한 일이다.

때는 여름이지만 북방, 그것도 광활한 대사막의 밤은 한겨울 못지않게 춥다.

둘레 이십여 장가량의 아담한 연못가에 제법 커다란 모닥불을 피우고 그 옆에서 화운룡이 두 시녀의 시중을 받으면서 저녁 식사를 하고 있다.

"모두 이리 와라."

두 시녀가 정성껏 준비한 요리를 혼자 먹고 있던 중에 화운룡이 야말과 그의 수하들, 그리고 변섭을 손짓으로 불렀다.

약간 떨어진 어두컴컴한 곳에 모여서 식사를 하고 있던 야말과 변섭을 비롯한 여덟 명이 의아한 표정을 지으며 화운룡 앞으로 모여들어 정렬했다.

"여기 앉아서 같이 먹자."

"전하……."

화운룡의 말에 야말 등은 크게 놀라서 허둥거렸다.

변진공의 아들 변섭도 화운룡의 느닷없는 말에 적잖이 놀라 어떻게 대처해야 할지 갈피를 잡지 못했다.

화운룡은 야말과 변섭 등이 모닥불도 없는 곳에서 불편하게 식사하는 것을 보고 안쓰럽다는 생각이 든 것이다. 다들 자신을 위해서 이렇게 애를 쓰고 있는 것을 알고 있으니 마음이 편하지 않았다.

"명령이다. 앉아라."

이럴 땐 이러고저러고 장황하게 설명하는 것보다는 명령하는 것이 최고다.

명령이 떨어지자마자 야말과 변섭 등은 모닥불가에 둥글고 넓게 둘러앉았다.

화운룡이 두 시녀 중에 나이가 많은 쪽에게 물었다.

"이시굴(利施窟), 술이 넉넉한가?"

"그렇사옵니다."

"모두에게 술을 돌려라."

두 시녀가 술을 따르는데도 화운룡 앞이라서 야말 등은 황송한 얼굴로 술을 받았다.

화운룡은 술잔을 쥐고 있는 모두를 둘러보면서 말했다.

"내 길벗이 돼주어서 고맙다. 들자."

화운룡이 먼저 술잔을 비우자 다들 조심스럽게 마셨다.

야말의 수하들 중에는 한어를 모르는 사람이 있기 때문에 변섭이 방금 화운룡이 한 말을 통역해 주자 크게 감격하여 존경의 눈빛으로 화운룡을 바라보았다.

유화현을 출발한 지 사흘째에 양운객점 주인 변진공이 보낸 전서구가 변섭에게 당도했다.

전서구의 서찰에는 화운룡이 전혀 예상하지 못했던 내용이 적혀 있었다.

변진공이 남천국과 동천국 내에 있는 해룡상단 정보망을 통해서 알아본 결과, 동천국 동삼왕의 궁전 내에 옥봉과 자봉이 없다는 것이다.

그녀들만이 아니라 비룡은월문을 비롯하여 중원 각지에서 끌려온 젊은 남녀 노예들이 어느 한날에 깡그리 감쪽같이 어디론가 끌려갔다고 한다.

서찰에는 그 내용뿐이다. 그들이 어디로 사라졌으며 어떻게 됐는지는 이제부터 변진공이 알아본다고 했다.

화운룡은 가슴이 답답해졌다. 옥봉을 찾아내서 구하는 일이 쉬울 것이라고는 생각하지 않았지만 이것은 예상하지 못했던 변수다.

옥봉과 자봉, 그리고 비룡은월문에서 끌려온 사람들만이
아니라 중원에서 끌려온 수많은 사람들 중에서 십오 세 이상
삼십 세까지 젊은 남녀들을 모조리 어디론가 끌고 갔다는 것
은 무슨 뜻인가.

'어디로 간 것인가……?'

한동안 곰곰이 생각하던 화운룡은 결국 한 가지 불길한 해
답을 얻어냈다.

'특수한 정예 조직을 만들려는 것이다……!'

파릇파릇 젊은 남녀를 모조리 끌고 갔다는 사실이 그것을
입증하고 있다.

'그러나 중원에서 끌고 온 사람들에게 무공을 가르치고 조
직화하며 노력을 기울인다고 해서 그들이 천외신계에 충성하
지는 않을 것이다.'

생각에 골몰할수록 화운룡의 미간이 점점 더 좁혀졌다.

'그들의 기억을 모두 지우고 인성을 마비시키는 수법을 쓰
려는 것인가?'

천외신계라면 충분히 그렇게 할 수 있다.

또한 기억을 지우고 인성을 마비시키는 것은 그리 어렵지
않은 일이다.

천외신계 특히 천여황에 반대하는 천황파는 세력이 부족할
테니까 빠른 시일 내에 급조할 수 있는 최정예고수들이 필요

할 것이다.

천황파의 소행이 분명하다.

그렇게 완성된 최정예고수들은 중원무림이 아닌 천여황 세력과 맞서게 될 것이다.

화운룡은 생각을 거듭할수록 자신의 추리가 맞아떨어지고 있음을 확신하게 되었다.

그런데 천신국에 진출해 있는 해룡상단의 정보망을 직접 이용하고 있는 변진공은 거기까지는 생각하지 못할 것이다.

[부친에게 긴급히 서찰을 보내라.]

화운룡 변섭에게 전음을 보냈다.

야말 등은 첫째 날보다 칠십여 리쯤 전진한 또 다른 녹주의 작은 연못가에 모닥불을 피우고 야영을 준비하고 있다.

모닥불가에는 화운룡과 두 명의 시녀, 그리고 변섭이 둘러앉아 있다.

두 시녀가 한어를 알기 때문에 그녀들 앞에서 변섭과 대화를 할 수가 없다.

화운룡의 말에 변섭의 얼굴이 팽팽하게 굳어졌다.

[내용을 말씀해 주십시오.]

화운룡은 자신이 추리해서 얻은 결론에 대해서 변섭에게 자세히 설명했다.

설명을 듣고 난 변섭은 크게 놀라는 표정을 지었지만 두 시녀 때문에 즉시 표정을 풀었다.

"모래 폭풍입니다!"

야말이 마차 안의 화운룡에게 외치고 나서 수하들에게 안
전한 장소를 찾으라고 재빨리 지시했다.

수하들이 근처로 흩어졌다가 잠시 후에 다시 모였다.

"저쪽입니다!"

사막의 모래언덕들이 끝없이 펼쳐진 곳에서 모래 폭풍에 안
전한 장소라는 것이 원래 있을 리가 없다.

다만 거센 모래 폭풍을 최대한 피할 수 있는, 폭풍을 등지
고 되도록 야트막한 곳이면 적당하다.

거센 모래 폭풍은 불과 일각 만에 지나갔지만 조금 전까지
의 주변 지형을 완전히 뒤바꾸어 놓았다.

푸르릉…….

제일 먼저 모래 속에 파묻혀 있던 낙타들이 콧속에 잔뜩
들어찬 모래를 불어내며 몸을 일으켰다.

화운룡과 두 명의 시녀는 마차 안에 있었으므로 모래 폭풍
으로부터 안전할 수 있었다.

그렇지만 마차 전체가 모래 속으로 무려 일 장이나 깊이 파
묻혀 버렸다.

화운룡은 두 시녀는 물론 다른 사람들이 아무도 모르게 무형지기를 뿜어내서 마차를 모래 위로 상승시켰다.

사사아아…….

모래가 마차에서 흘러내리는 소리는 마치 빗소리 같았다.

마차는 모래 위로 완전히 떠오른 후에 멈추었다.

"전하! 무사하십니까?"

제일 먼저 야말이 달려오면서 외쳤다. 다행히 그는 마차가 떠오르는 광경을 보지 못했다.

화운룡은 마차 문을 열고 밖으로 나왔다.

"나는 괜찮다."

야말 뒤쪽에 변섭이 서 있는데 무사한 화운룡을 보고 안도의 표정을 지었다.

야말은 흩어져 있는 수하들을 불러 모았다. 그런데 다섯 명중 한 명이 보이지 않았다.

"굴락(屈珞)을 찾아라."

야말의 명령이 떨어지는 즉시 다섯 명의 금투정수들과 변섭이 사방으로 흩어졌다.

천외신계 최정예 중에서도 최정예고수인 금투정수 한 명을 사라지게 만들었으니 모래 폭풍이 얼마나 강력한지 알 수 있을 것이다.

그러나 아무리 무공이 고강해도 대자연의 엄청난 위력 앞에서는 어쩔 수 없는 인간일 뿐이다.

일각 후에 야말과 다섯 명의 금투정수들이 마차로 모였는데 아무도 굴락을 찾지 못했다.

야말이 착잡한 얼굴로 잠시 생각하다가 다부지게 명령했다.

"출발한다."

굴락을 찾는 일을 포기한 것이다. 그가 이미 죽었을 것이라고 판단했으며, 그를 찾는 일 때문에 화운룡을 기다리게 해서는 안 된다고 생각했다.

"기다려라."

화운룡의 말에 야말과 수하들, 변섭은 의아한 표정을 지으며 그를 쳐다보았다.

야말 등은 화운룡이 우뚝 서 있는 것과 양쪽 귀가 쫑긋거리는 것으로 미루어 공력을 끌어올려서 굴락의 기척을 감지하려는 것이라고 짐작했다.

화운룡은 약간의 공력을 끌어올려서 주변의 인기척을 감지해 보았지만 아무것도 느끼지 못했다.

공력을 조금 더 끌어올려 조금씩 범위를 넓게 잡으며 주변을 훑어나갔다.

그러다가 이윽고 하나의 인기척을 감지했다. 그러나 숨소리가 아니라 아주 흐릿한 맥박과 심장박동이다.

호흡은 이미 멈추었는데 맥박과 심장박동이 미미하게 뛰고
있는 것이다.

"저기다."

第十章

나의 어머니는 좋은 분

　화운룡은 직접 몸을 날렸다. 야말 등이 놀랄까 봐 평범한 경공술을 발휘했다.

　그러나 야말 등은 이미 크게 놀라고 있다. 그 자리에 서서 기척만으로 굴락을 찾아낸다면 그것은 초극고수만이 할 수 있는 일이기 때문이다.

　화운룡은 마차로부터 오십여 장이나 떨어진 곳에 멈추고 바닥을 가리켰다.

　"여길 파보아라."

　야말이 직접 달려들고 다섯 명의 수하들과 변섭까지 가세하여 화운룡이 가리킨 곳의 모래를 맹렬하게 파기 시작했다.

잠시 후 지상에서 일 장 반 깊이에, 모래투성이 굴락이 거꾸로 처박힌 자세로 있는 것을 발견했다.

모두들 경악하는 얼굴로 화운룡을 쳐다보았다. 오십여 장이나 떨어지고 모래 속 일 장 반 깊이에 파묻혀 있는 굴락을 기척만으로 찾아냈으니 상상도 하지 못할 일이다.

"무엇 하느냐? 어서 꺼내라."

화운룡의 명령에 야말 등은 움찔 놀라 급히 굴락을 끄집어내서 바닥에 눕히고 코와 입안의 모래를 제거했지만 그는 숨을 쉬지 않았다.

야말이 굴락의 심장박동과 맥박을 짚어보고는 암담한 표정을 지었다.

그의 경험과 견해로 봤을 때 대라신선이 왕림하여 치료하면 모를까 인간의 능력으로 굴락을 회생시키는 것은 불가능할 것 같았다.

화운룡은 점차 검은색으로 변해가는 굴락의 얼굴을 굽어보다가 그 옆에 앉았다.

그가 손바닥을 넓게 펼쳐서 굴락의 가슴에 대는 것을 보고 야말 등은 놀라는 표정을 지었다.

하지만 그들은 화운룡이 굴락을 살릴 수 있을 것이라고는 손톱만큼도 기대하지 않았다.

그저 죽어가는 굴락이 안타까워서 별달리 뜻 없는 행동을 하고 있는 것이라 여겼다.

그러나 사실 화운룡에게 굴락을 살리는 것은 손바닥을 뒤집는 것만큼이나 쉬운 일이다.

하지만 너무 간단하게 살리면 모두 놀랄 테고 화운룡을 새삼스러운 시선으로 볼 것이므로 될 수 있는 한 신중을 기하는 체해야 한다.

그는 자신이 보여준 개세적인 행동으로 야말 등이 이미 충분히 경악하고 있다는 사실을 간과했다.

그는 장심을 통해서 명천신기를 굴락의 가슴으로 부드럽게 조금씩 주입시켰다.

푸악!

단지 그것뿐인데 굴락의 입과 코에서 모래와 검붉은 핏덩이가 왈칵 쏟아졌다.

"으으……."

그러더니 얼굴을 찌푸리면서 신음을 흘려냈다.

야말과 금투정수들의 얼굴에 기쁨과 놀라움이 파도처럼 일렁거렸다.

그들은 설마 화운룡이 굴락을 살릴 줄은 꿈에도 상상하지 못했다.

마침내 굴락이 눈을 뜨더니 눈동자를 뚜릿뚜릿 굴리면서

의아한 표정을 지었다.

"여… 기가 어딥니까?"

야말이 빙그레 웃으며 굴락을 일으켜 앉혔다.

"저승은 아니니까 염려 마라."

굴락은 두려움과 안도감이 뒤섞인 표정을 지었다.

"저는 꼭 죽는 줄로만 알았습니다."

야말이 공손히 두 손으로 화운룡을 가리켰다.

"전하께서 너를 찾아내고 직접 살리셨다."

굴락은 화들짝 놀라더니 화운룡에게 깊숙이 부복하면서 몸을 떨었다.

"속하 굴락… 전하께 하늘 같은 은혜를 입었습니다."

화운룡이 식사 때마다 야말과 수하들을 불러 같이 먹고 마시면서 약간이나마 친해진 상황이었는데, 또다시 굴락의 목숨을 구해주는 일이 생기자 모두들 그를 몹시 존경하면서도 남처럼 대하지 않았다.

야말 등은 얼마 전까지는 딱딱하게 굳은 얼굴이었으나 지금은 누가 시키지도 않았는데 다들 편안한 얼굴이며 이따금 몽고족의 전통 민속 노래 같은 것을 부르기도 했다.

행진을 하는 동안 야말까지 모두들 입을 모아서 몽고어로 부르는 그 노래를 들으며 화운룡은 호젓한 기분에 사로

잡혔다.

그 노래를 들으니까 왠지 마음이 푸근해지고 옥봉과 가족들 생각이 가슴에서 사무쳤다. 기이한 일이다.

"저게 무슨 노래냐?"

그래서 시녀들에게 물었다.

"이것은 '나의 어머니는 좋은 분'이라는 몽고 전통 노래입니다."

이시굴이 대답하고는 눈을 빛냈다.

"제가 한어로 불러 드릴까요?"

"오냐."

화운룡이 흔쾌히 허락하자 이시굴과 십육 세 시녀 소노아(素쬰牙)가 짤랑짤랑한 목소리로 같이 불렀다.

우유 냄새 배어 있는 솜털 같은 머리일 때의 나를
아름다운 선율의 노래로 부드럽고 유순하게 키워주셨어
나의 어머니는 좋으신 분, 비단결같이 온화하신 나의 어머니
아들이라는 이름의 나를 사람의 구실을 할 수 있을 때까지
저녁때가 돌아오면 차츨라(고시레)를 올리시던 나의 어머니
어떤 아들이 태어났는지 나의 어머니여, 보세요
어떤 사람이 되었는지 나의 조국이여, 보세요―

이시굴과 소노아의 구슬프고 아름다운 노래가 울려 퍼지는 동안 바깥의 야말과 수하들은 노래를 멈추고 그녀들의 노래에 귀를 기울였다.

그리고 이시굴과 소노아의 노래가 끝나자 그들은 다시 몽고어로 '나의 어머니는 좋은 분'을 부르기 시작했다.

노래를 듣는 동안 화운룡은 마치 가슴속에서 맑은 시냇물이 졸졸 흐르는 듯한 느낌이 들었다.

'어머니……'

그러고는 옥봉의 그늘에 가려져 꽤 오랫동안 잊고 지낸 어머니의 모습이 아련하게 떠오르며 그녀가 왈칵 그리워졌다.

변섭이 다가와서 변진공이 마차 안으로 보낸 전서구의 서찰을 전해주었다.

그곳에는 뜻밖에도 놀라운 사실 하나가 적혀 있었다.

현재 주대영과 주화결이 동천국에 있다는 것이다.

주대영과 주화결이 누군가. 두 사람은 친형제로 옥봉의 이복 오빠이고 주천곤의 두 아들이다.

두 사람은 해룡상단에서 요직을 맡아 밖으로 나돌았기 때문에 비룡은월문 멸문 때 능히 살아남았을 것이다.

서찰에는 주대영과 주화결이 부모와 옥봉, 가족을 찾기 위해서 동천국에 왔다고 적혀 있었다.

화운룡이 마지막으로 주대영과 주화결의 소식을 들었을 때 두 사람은 해룡상단 내에서 서열 삼 위와 사 위에 해당하는 높은 지위에 있었다.

서찰에는 주대영을 북부총단주(北部總團主), 주화결을 중부총단주(中部總團主)라고 지칭했다.

해룡상단에는 그 밖에도 해외 교역을 담당하는 외부(外部)와 남부(南部), 서부(西部), 동부(東部) 등이 더 있다.

북부는 북경과 낙양, 개봉 등 대도를 총괄하고 있으므로 가장 중요한 지역이며 이 북부총단주는 해룡상단 내에서 서열 삼 위라고 할 수 있다.

그리고 두 번째로 중요한 지역인 중부의 총단주 주화결은 서열 사 위가 분명하다.

이들 두 사람은 화운룡의 처남이라서 중용된 것도 있지만 신분만으로는 그런 높은 지위에 오를 수가 없다. 필경 상술에 뛰어난 소질을 보인 것이 분명하다.

서찰에는 주대영과 주화결이 동천국에서 머물고 있는 장소에 대해 자세히 적혀 있으며 그들에게 화운룡이 이곳에 온 사실을 알려야 하느냐고 적혀 있다.

아무래도 그들은 화운룡의 존재를 모르고 있는 것이 나을 것 같았다.

그들은 화운룡이 죽은 줄 알고 있을 텐데 살아 있는 그가 버젓이 이곳에 왔다는 사실을 알게 되면, 흥분한 그들이 평소와 달리 행동하다가 자칫 실체를 드러낼 수도 있다.

지금은 어느 것 하나라도 조심해야만 하는 상황이므로 화운룡이 직접 그들을 만나는 것이 좋을 터이다.

몽고대사막을 횡단하기 시작한지 보름째 밤을 맞이했다.

그사이에 변진공의 전서구는 다섯 차례나 왔으며 계속 새로운 소식을 전했으나 정작 옥봉과 자봉의 행적에 대한 소식은 들어 있지 않았다.

주대영과 주화결이 누이동생 옥봉과 부모 등에 대한 정보를 어디까지 알아냈는지 궁금하지만, 이제 동천국까지 닷새밖에 남지 않았으므로 처음에 생각했던 대로 직접 만나서 얘기하는 것이 좋을 터였다.

보름 동안 같은 길을 가면서 동고동락하고 하루 세 끼 함께 식사하며 밤에는 술을 마신 덕분에 화운룡과 야말 등은 꽤나 친해졌다.

야말도 화운룡하고 허심탄회하게 대화하는 사이가 되어 무슨 얘기든 거리낌이 없다.

그런데 그들과의 대화 중에 알게 된 중요한 사실은 야말을 비롯한 수하들과 심지어 변섭마저도 천황에 대해서는 아무것도 모르고 있다는 것이다.

그렇다면 천황파는 비밀결사가 분명하다. 천신오국 내에서도 극비리에 엄선된 고수들과 중원무림에서 장악하거나 포섭한 세력이 천황파의 중심이다. 그러므로 천신국 내에서조차 그들의 존재를 모르고 있는 것이다.

천신오국 내에서 평범한 생활을 영위하고 있는 대부분의 색성칠위들은 천황이나 천황파의 존재 자체를 까맣게 모르는 상태에서 어느 날 천신오국에 천지개벽이 벌어지면 그때가 돼서야 비로소 알게 될 터이다.

화운룡은 이참에 야말 등에게 천황파에 대한 얘기를 슬쩍 흘려보기로 했다.

반응이 심상치 않고 예상하지 않았던 방향으로 간다면 나중에 잠혼백령술로 기억을 지우면 되므로 염려할 게 없다.

"너희들 혹시 천황이라는 말을 들어본 적이 있느냐?"

모두들 금시초문이라는 표정을 짓는데 야말이 빙그레 미소를 지었다.

"여황 폐하를 말씀하시는 것입니까?"

화운룡은 술을 마시면서 조용히 고개를 가로저었다.

"아니다."

야말은 화운룡이 잘못 말하지 않았다는 사실을 알게 되었다.

"그럼 천황이 누굽니까?"

화운룡은 약간의 긴장을 조성하기 위해서 주위를 한 차례 둘러보고 나서 목소리를 조금 낮추었다.

"천신국 내에서 여황 폐하에게 저항하는 세력의 우두머리가 천황이다."

"……."

야말 등은 멍한 표정을 지었다. 화운룡의 말이 너무 엄청나서 믿어지지 않는 것이다.

어리둥절한 표정을 짓기는 변섭도 마찬가지다. 그는 천신오국 정보망의 가장 한가운데에 서 있었다고 자부했었지만 천황이라는 호칭과 천황이 천여황에 저항한다는 말 같은 것을 들어본 적이 없었다.

야말 등은 화운룡의 표정을 살폈다. 그가 농담을 하고 있는 것인지 알아보려는 것이지만 화운룡의 표정은 지금껏 그들이 봐왔던 어떤 표정보다도 진지하고 심각했다.

화운룡은 진지한 얼굴로 자신이 알고 있는 천황과 천황파에 대해서 설명했다.

물론 자신이 마련과 곤륜파를 북절신군으로부터 구했다는 얘기는 하지 않았다.

그리고 마지막으로 화운룡은 매우 중요한 비밀인 것처럼 목소리를 한껏 더 낮추었다.

"나는 천황의 정체를 캐는 동시에 본국의 천황파 세력에 대해서 조사하려고 온 것이다."

타닥… 탁…….

모닥불 타는 소리만 들릴 뿐 고요한 적막만 흘렀다. 엄청난 무게가 모두를 무겁게 짓눌렀다.

야말 등은 화운룡이 한 말이 너무 엄청난 탓에 경악하여 뭐라고 할 말이 생각나지 않는 것이다.

"거기에 대해서 너희들은 비밀을 지켜야 할 것이다."

화운룡의 말인즉 내가 너희들하고 친밀해졌기 때문에 특별히 말해주는 것이라는 뜻이다.

한참 만에 야말이 가라앉은 목소리로 조심스럽게 말했다.

"저희들이 전하를 어떻게 도우면 좋겠습니까?"

그는 비로소 화운룡의 말을 믿는 것 같았다.

화운룡은 손을 저었다.

"너희들이 도울 일이 아니다."

그 말은 남천국 유화현의 관문을 지키는 금투총령사와 금투정수들 정도가 무엇을 도울 수 있겠느냐는 뜻으로 들렸다. 그렇게 들리라고 한 말이다.

사실이 그렇기 때문에 야말과 수하들은 아무 말도 하지 못하고 침묵만 지켰다.

그렇지만 야말은 내심으로 어떻게 해서든지 화운룡을 도울 방법을 찾아야겠다고 생각했다.

아니, 그것은 화운룡을 위해서가 아니라 천신국과 여황 폐하를 위한 길이다.

야말은 생각나는 것이 있어서 조심스럽게 물었다.

"어째서 이 사실을 비밀로 해야 하는 것입니까?"

"타초경사(打草驚蛇)다. 너희들이 도움이 되지도 못하면서 여기저기 떠벌리고 다니면 천황파가 깊은 곳으로 숨어들 것이다. 또한 너희들 목숨도 위태로워진다."

타초경사. 풀을 건드리면 뱀이 놀라서 도망간다는 것이다.

야말의 얼굴이 어두워졌다.

"그렇겠군요."

그때부터 야말과 수하들은 여태까지처럼 술을 마시면서 웃고 떠들지 못했다.

야말이 사막 끝을 가리켰다.

"저깁니다."

마차에서 내린 화운룡이 쳐다보자 사막이 이십여 리 펼쳐져 있고 그 끝에 야트막한 언덕의 초지가 보였다.

"여기서는 보이지 않지만 이십 리쯤 가면 사막이 끝나고 동천국에 들어섭니다."

야말은 서쪽 하늘이 붉게 물들어 해가 지고 있는 광경을 바라보았다.

"오늘 밤은 여기에서 야숙을 하고 내일 아침에 출발하면 정오 전에 도착할 것입니다."

"그렇게 하자."

오늘 밤에 변진공의 전서구가 올 예정이다.

옥봉의 행방에 대해서 아무런 실마리도 없는 상황에 무조건 동천국에 들어가서 들쑤시고 다니는 것은 좋지 않다.

*   *   *

화운룡 등은 타오르는 모닥불가에서 사막의 마지막 밤을 보내면서 식사와 술을 마시고 있다.

"너희들은 동천국에 도착하면 돌아가라."

야말은 크게 놀라는 표정을 지었다가 공손히 머리를 조아리고 말했다.

"제가 돌아가지 않아도 유화현 관문들은 안전하도록 조치를 취해두었습니다. 저와 수하들이 동천국에서 전하를 계속 도울 수 있도록 허락해 주십시오."

화운룡은 간곡한 야말의 언행에 마음이 조금 움직였다. 사실 동천국에서 행동할 때 야말 등이 같이 있으면 도움이 될지언정 방해는 되지 않을 터이다.

갑자기 야말을 비롯한 일곱 명이 뒤로 물러났다가 화운룡을 향해 부복했다.

"전하, 허락해 주십시오."

화운룡은 그들을 물끄러미 응시했다.

사람 사이의 인연이란 참으로 기이하고도 신기하다. 화운룡이 생각하는 야말 등은 더없이 좋은 사람들이다.

이렇듯 큰 벽을 허물어 버리면 아무리 적이라고 해도 진정한 속살이 보인다.

화운룡은 고개를 끄떡였다.

"그렇게 하라."

"감사합니다!"

야말 등은 마치 죽다가 살아난 것처럼 크게 기뻐했다.

변진공의 전서구가 도착했으나 별다른 내용은 없었다.

좋은 소식이 있을 것이라고 기대하지 않았기에 실망하지는 않았다.

변진공은 화운룡이 동천국에 도착하면 먼저 어떤 사람부터 만나보라고 했다.

특별한 사람은 아니고 해룡상단 동천국 담당인데 화운룡에게 도움이 될 것이라는 얘기다.

밤이 깊었다.

화운룡과 두 명의 시녀 이시굴, 소노아는 마차에서 자고 변섭과 야말 등은 모닥불가에 지니고 다니는 모전(毛氈: 담요)을 깔고 덮은 채 자고 있다.

사막에서는 딱히 경계할 것이 없으므로 아무도 경계를 세우지 않았다.

마차 안은 넓기 때문에 화운룡이 한쪽에서 푹신한 이불을 깔고 덮은 채 자고, 반대쪽에서 이시굴과 소노아가 나란히 둘이 꼭 안은 채 자고 있다.

"⋯⋯!"

옥봉 걱정 때문에 밤이 깊도록 잠을 이루지 못하고 있는 화운룡이 어떤 기척을 감지하고 눈을 떴다.

잠들지 않아서가 아니라 잠이 들었다고 해도 이 정도 기척은 능히 감지할 수 있다.

그런데 감지되고 있는 자의 수가 너무 많았다. 화운룡은 백 명까지 세다가 그만두었다.

'화적이로군.'

모닥불을 향해 사방에서 다가들고 있는 자들의 수가 이렇게 많다는 것과 기척이 마구잡이로 감지되는 것으로 봐서 화적 떼가 분명하다.

천외신계에 화적이 있을 줄은 몰랐다. 그런 걸 보면 사람

사는 곳은 다 똑같은 것 같다.

또 다른 기척이 감지됐다. 야말과 수하들, 변섭이 깨어나서 움직이기 시작했다.

아마 화적 떼의 접근을 감지한 모양이다. 하긴 금투총령사 정도 되는 그가 오합지졸 화적 떼의 움직임을 감지하지 못한 대서야 말이 되지 않는 얘기다.

[전하.]

야말의 전음이 들리자 화운룡은 몸을 일으켜 마차 문을 열고 나갔다.

그가 기척을 내지 않은 탓에 이시굴과 소노아는 잠에 깊이 빠져 있다.

야말과 변섭 등이 마차 주변으로 모여들었다.

"전하, 화적 떼인 것 같습니다."

"그런가?"

"수가 많습니다. 전하께선 피하십시오."

화운룡은 대답하지 않고 다시 화적 떼의 수를 세어보다가 미간을 좁혔다.

'이백여 명이라니 너무 많구나.'

똥이 무서워서 피하는 것은 아니지만 놈들이 포위를 하고 있는데 화운룡 혼자 밤하늘로 솟구쳐서 벗어난다고 해도 남아 있는 사람들은 위험한 상황에 빠질 터이다.

여기에 있는 사람들을 줄줄이 매달고서도 밤하늘을 날아 능히 여길 빠져나갈 수 있지만, 그럴 경우 마차와 낙타를 비롯한 물건들을 버려야 하고, 야말과 변섭 등이 화운룡의 신기를 접하고 몹시 놀랄 것이 분명하다.

화운룡은 아까 낮에 먼발치에서 말을 모는 두 명의 기척을 감지했었고 그들이 그저 장사치라고 여겼는데, 이제 보니 그 놈들이 화적 떼의 척후였던 것 같다.

낙타 여덟 마리가 끌고 있는 호화 마차를 보고 대단한 부자나 고관일 것이라고 추측한 모양이다. 그러나 놈들은 상대를 잘못 골랐다.

화운룡이 나선다면야 화적 떼 이백여 명을 섬멸하는 일은 문제도 아니지만 오합지졸들을 죽여야 한다는 사실이 썩 내키지 않았다.

"기다려라."

화운룡은 한마디를 남기고 한쪽 방향으로 걸어갔다. 현재 화적들이 포위를 한 상태에서 좁혀오고 있기 때문에 어느 쪽으로 가도 그들과 맞닥뜨리게 될 것이다.

"제가 모시겠습니다."

야말과 변섭이 동시에 말하고 화운룡을 뒤따랐다.

화운룡은 두 사람이 따라오는 것은 귀찮았지만 기다리라고 해도 말을 듣지 않을 것 같아서 그냥 내버려 두었다.

사박사박……

화운룡의 두 발은 모래 위에 낮게 떠서 나아가고 있지만 경공을 전해하는 야말과 변섭의 발은 모래를 살짝살짝 밟으면서 미미한 소리가 났다.

화운룡이 모닥불에서 십오륙 장쯤 나아가자 마침 포위망을 좁혀오고 있는 화적 떼를 발견했다.

화적들은 밤 추위를 막으려고 두터운 짐승 가죽 옷을 입은 모습인데, 어둠 속에서 느닷없이 불쑥 나타나는 화운룡 등을 발견하고는 화들짝 놀라더니 분분히 무기를 뽑고 마구잡이로 돌진해 왔다.

차차차창!

야말과 변섭이 기다렸다는 듯 즉각 무기를 뽑으면서 앞으로 쏘아갔다.

화적들의 수가 매우 많았지만 두 사람은 추호도 위축되지 않은 모습이다.

퍼퍼퍼어억!

"흐윽……"

"커억!"

"허억……"

그때 화운룡에게서 흐릿한 금빛 광채가 뿜어져 나가 부챗살처럼 확산되면서, 덮쳐들던 화적들을 세찬 강풍이 낙엽을 휘날리듯이 한꺼번에 쓸어버렸다.

야말과 변섭은 반격하려다가 흠칫 놀라 동작을 멈추고 눈을 부릅뜨며 전방을 살펴보았다.

덮쳐들던 화적 이십여 명이 나뒹굴어 있는데 죽었는지 꼼짝을 하지 않았다.

그렇지만 야말과 변섭은 그들이 어지럽게 쓰러진 채 놀란 눈을 껌뻑거리고 있는 모습을 보고 죽지 않았으며 혈도가 제압됐다는 사실을 깨달았다.

야말과 변섭은 놀란 얼굴로 화운룡을 쳐다보았다.

도대체 언제, 그리고 무슨 수법으로 화적 이십여 명을 쓰러뜨렸는지 모를 일이다.

더구나 상대를 죽이는 것보다도 몇 배나 어려운, 혈도를 제압하는 수법으로 순식간에 이십여 명을 거꾸러뜨렸으니 경악할 일이다.

야말과 변섭은 뭔가 흐릿한 금광이 화적들에게 뿜어지는 것만 얼핏 보았을 뿐이다.

화운룡은 개의치 않고 앞으로 걸어갔다. 야말과 변섭이 보기에는 걸어가는 것 같지만 사실은 미끄러져 가는 것인데 그것을 나중에야 발견하고 크게 놀랐다.

그때 야말과 변섭은 걸어가고 있는 화운룡에게서 좌우로 흐릿한 금빛 광채가 뿜어지는 것을 발견했다.

아무런 음향도 없이 뿜어진 금빛 광채는 뿜어지자마자 좌우에서 부챗살처럼 넓게 퍼져 화적들을 적중시켰다.

퍼퍼퍼퍼어어……

찢어지는 듯한 애처로운 비명이 아니라 답답한 신음 소리가 수십 마디 흘러나왔다.

그리고 이번에는 처음보다 많은 삼십여 명의 화적들이 추풍낙엽처럼 우르르 쓰러졌다.

"아아……"

야말인지 변섭인지 두 사람 중에 누군가의 입에서 나직한 탄성이 흘러나왔다.

두 사람이 보니까 두 번째로 쓰러진 삼십여 명도 죽지 않았으며, 쓰러져서 경악한 얼굴로 눈을 껌뻑거리고 있다.

움직이지도, 말도 못 하는 것으로 미루어 마혈과 아혈이 동시에 제압된 것 같았다.

삼십여 명의 마혈과 아혈을 동시에 제압하려면 최소한 한 명당 다섯 군데 혈도를 제압해야 하는데, 야말과 변섭은 앞으로 오백 년을 더 산다고 해도 절대로 그런 재주를 터득할 수 없을 것 같았다.

졸지에 불벼락을 맞은 것처럼 뜨거운 맛을 본 화적들은 함부로 덤빌 엄두를 내지 못하고 눈치를 보면서 비틀거리며 뒤로 물러났다.

화운룡이 조용한 목소리로 화적들을 꾸짖었다.

"우두머리가 누구냐?"

그러나 화적들은 아무도 대답하지 않았다. 그 대신 절반 이상이 반사적으로 한쪽 방향을 쳐다보았다.

그쪽에 화적 떼 우두머리가 있다는 뜻이다. 화운룡은 그걸 노리고 물은 것이다.

화운룡의 시야에 다른 화적들하고는 옷차림이 다른, 털모자를 눌러쓰고 송충이 같은 눈썹에 두툼한 메기입을 지닌 사십 대 사내가 들어왔다.

"물러가면 살려주겠다."

그 사내가 화적 떼 우두머리라고 판단한 화운룡이 타이르듯이 말했다.

커다란 대감도를 메고 있는 사내는 못마땅한 표정으로 뺨을 씰룩거렸다.

"네놈은 누구냐?"

무식하면 용감하다고 그랬다.

픽!

"끽!"

우두머리는 말을 끝내자마자 미간에 손톱만 한 구멍이 뚫려서 답답한 신음 소리를 내며 뒤로 쓰러졌다.

그는 눈을 부릅뜨고 온몸을 가늘게 푸들푸들 떨다가 잠시 후에 잠잠해졌다. 그의 숨이 끊어지는 데 채 다섯 호흡도 걸리지 않았다.

화적들은 굳이 죽일 필요가 없어서 혈도를 제압했지만 우두머리는 자신이 어떤 상황에 처했는지도 모를 만큼 우둔한 놈이어서 본보기로 죽인 것이다.

더구나 저런 놈은 살아 있어봐야 세상에 하등의 도움이 되지 못할망정 해악만 될 것이다.

싸움이나 전쟁에서 무리의 우두머리를 죽이는 것만큼 훌륭한 전략은 없다.

화운룡은 천천히 화적들을 둘러보았다.

"아직도 물러가지 않겠느냐?"

우두머리마저 무엇에 어떻게 당했는지도 모르는 채 순식간에 죽어버리자 화적들은 전의를 완전히 상실하고 두려움에 가득 찬 표정들이다.

화운룡이 쓰러져 있는 화적들을 가리켰다.

"가려거든 저놈들을 데리고 가라."

화적들은 화운룡의 눈치를 살피면서 혈도가 제압된 화적들을 안거나 업고는 슬금슬금 물러나다가, 어느 순간 발이 보이지 않을 정도로 냅다 도망쳤다.

혈도가 제압된 화적 오십여 명은 한 시진 후에 자연스럽게 해혈될 터이니 내버려 둬도 상관없다.

잠시 후에는 화운룡과 야말, 변섭만 그곳에 남았다.

야말과 변섭은 조심스럽게 화운룡을 바라보았다.

원래 두 사람은 화운룡이 여기까지 오는 동안 보여준 몇 가지 놀라운 능력 때문에 그가 대단한 고수일 것이라고 짐작은 하고 있었다.

그런데 조금 전에 벌어진 경악할 만한 광경을 목격하고는 그가 대단한 고수 정도가 아니라 엄청난 초극고수라는 사실을 깨닫게 되었다.

야말은 화운룡이 여황 폐하와 과연 어떤 관계일지 매우 궁금해졌다.

화운룡이 천황과 천황파에 대해서 알아보라고 여황 폐하가 자신을 보냈다고 말했기 때문이다.

잠시의 생각 끝에 야말은 어쩌면 화운룡이 천여황의 제자 즉, 열 명의 천황십제자 중에서 제일제자일 것이라는 결론을 내리고 스스로 그것을 확신했다.

화운룡이 보여준 어마어마한 무위라면 천황제자 중에서도 가장 고강한 천황일제자일 것이며, 화운룡의 나이와 용모 등이 천황일제자와 부합하기 때문이었다.

물론 화운룡이 초극고수지만 천여황을 능가하지는 못한다는 사실을 전제한 추측이다.

야말이 화운룡 앞에 두 손을 모르고 공손히 입을 열었다.

"혹시 전하께선 천황일제자 화리천 전하이십니까?"

화운룡은 긍정도 부정도 하지 않았다.

"어째서 그리 생각하느냐?"

야말은 방금 그가 보인 표정과 말에서 그가 화리천이 분명하다고 확신했다.

야말은 더욱 공손해졌다.

"전하의 모든 면이 화리천 전하와 부합합니다."

화운룡은 빙그레 미소 지을 뿐 쓰다 달다 말하지 않았다.

第十一章
동천국

야말은 조심스럽게 자신의 짐작을 말했다.

"소문으로만 들어온 천황일제자 화리천 전하는 이십 대의 연치에 매우 젊으신 데다 키가 크며 강건하고 준수한 용모라고 알고 있습니다."

자신이 알고 있는 화리천의 용모와 화운룡이 서로 부합된다는 뜻이다.

화운룡은 자신의 신분을 야말 등이 그렇게 알고 있는 것도 나쁘지 않다고 생각했다.

"비밀이다."

"아……."

야말은 자신의 예상이 맞았다는 사실에 크게 기뻐했으며, 이제부터는 명분이 뚜렷한 충성을 할 수 있게 되었다는 사실에 더욱 기뻐했다.

그러나 화운룡이 비룡공자라는 사실을 알고 있는 변섭은 내심 묘한 미소를 지었다.

"너희들은 변복을 하고 행동하되 할 수 있는 모든 방법을 동원하여 천황파라고 의심할 만한 것들을 알아내라."

사막이 끝난 지점에서 화운룡은 야말에게 지시했다.

야말은 극도로 긴장했다.

"어떻게 해야 할지 하교해 주십시오."

무작정 동천국 내에서 천황파를 찾으라는 것은 모래사장에서 바늘을 찾으라는 얘기와 같다.

화운룡을 중심으로 앞쪽에 야말을 비롯한 수하들과 변섭이 부챗살처럼 모여 있다.

동천국에서도 전적으로 화운룡을 도우려면 수하들도 그의 신분을 알고 있어야 하므로, 야말이 자신의 짐작을 말해주었기에 다들 공손하기 짝이 없다.

화운룡은 이들에게 좀 더 구체적인 지시를 내렸다.

"본국이 중원을 장악한 후에 중원 곳곳에서 사람들을 끌고 와서 본국의 노예로 삼았다. 그런데 그 노예들 중에 십오 세에서 삼십 세까지의 젊은 사람들이 어느 날 한꺼번에 감쪽같이 사라졌다. 그들을 찾아내거나 그들이 사라진 경로를 알아내는 것이 급선무다."

천황파의 음모에 한 발을 넣었다고 생각한 야말 등의 표정이 단단하게 굳어졌다.

"전하께선 사라진 노예들이 천황파와 연관이 있다고 생각하시는 겁니까?"

"나는 천황파가 노예들에게 특수한 약물을 먹이고 섭혼술로 기억과 인성을 마비시킨 후에 독랄한 수법으로 무공을 속성시켜서 천황파의 비밀 병기로 쓸 것이라 짐작한다. 그것은 곧 여황 폐하에게 반기를 드는 것이다."

"아……."

야말과 수하들 얼굴에 경악이 떠올랐다.

"그것은 비단 동천국만이 아니라 천신오국 전체에서 비밀리에 일어났을 것이다. 그러므로 어느 곳의 노예들이 어떤 경로로 누구에게 끌려갔는지, 그리고 그들이 어디에 있는지를 알아낸다면 더할 나위 없이 좋다."

야말과 수하들은 깊이 부복했다.

"명을 받듭니다."

몽고대사막 서쪽 지방의 높은 산악지대인 당노오랍산과 항애산에서 발원한 수십 개의 물줄기가 모두 동북쪽으로 흘러 하나로 합쳐져 이루어진 거대한 강이 바로 저 유명한 색릉격하(色楞格河)다.

색릉격하는 동천국의 수도인 오란오달(烏蘭烏達: 울란우데)을 관통하고 북쪽으로 이백여 리를 더 굽이쳐서 마침내 서백리아의 바다라고 불리는 패가이호(바이칼호)에 흘러든다.

화운룡 일행은 국경지대의 흡극도(恰克圖: 캬흐타)에서 옷을 갈아입고 낙타와 마차를 안전한 장소에 맡긴 후에 북상하여 오란오달에 이르렀다.

야말은 오란오달에 알고 있는 지인들이 많다면서 수하들을 이끌고 천황파를 찾으러 갔다.

화운룡은 변진공이 일러준 대로 오란오달 색릉격하 강가에서 가장 거대한 건물로 찾아갔다.

오해란룡방(烏海蘭龍幇)이라는 특이한 이름의 이 건물은 얼마나 거대한지 보통 사람의 눈으로는 끝에서 끝이 보이지 않을 정도다.

바깥에서 보면 오륙 층짜리 전각과 누각들이 즐비해서 그 규모가 마치 작은 자금성 같았다.

화운룡과 변섭, 두 시녀 이시굴과 소노아는 오해란룡방의 거대한 전문 앞에 섰다.

거대하다고 하지만 전문은 양쪽으로 활짝 열려 있으며 쉴
새 없이 사람들이 출입하고 있었다.

원래 오해란룡방 안에는 주루와 기루가 각 세 개씩 여섯 개
가 들어 있으며, 도박장과 전장을 비롯한 삼십여 종류의 점포
들이 영업을 하고 있다.

말하자면 오해란룡방은 사람들이 이용하는 거의 모든 점포
가 영업을 하고 있는 점포들의 집합체인 셈이다.

화운룡이 전문 안으로 서슴없이 들어가자 변섭이 앞장서
안내를 했다.

오해란룡방의 강변 쪽 경치가 좋은 곳에는 주루와 기루들
이 자리를 잡았으며 가장 외진 상류 쪽 구석에 또 하나의 장
원이 있는데, 이곳이 오해란룡방에 소속된 오백여 식솔들이
지내고 있는 거처이다.

그곳 역시 출입이 자유로웠으며 변섭은 예전에 이곳에 와본
적이 있기에 거리낌 없이 장원 안으로 들어섰다.

이윽고 변섭은 장원 내에서 가장 큰 삼 층짜리 어느 평범한
전각 앞에 이르렀다.

그런데 다른 곳하고는 달리 이 전각 입구에만 두 명의 호위
무사가 양쪽에서 지키고 있었다.

"양운객점에서 왔소."

변섭의 말에 호위무사가 잠시 기다리라고 하고는 한 명이

안으로 달려 들어갔다가 잠시 후에 한 여자와 같이 나왔다.

사십오륙 세 나이에 퉁퉁하고 후덕해 보이는 여자가 변섭을 보고 미소를 지으며 알은척을 했다.

"오랜만이에요, 변 상공."

"오랜만입니다, 고 아주머니."

고 아주머니는 화운룡에게 공손히 고개를 숙였다.

"먼 길 오시느라 고생하셨군요. 제가 모시겠어요."

고 아주머니는 생긴 것은 복스럽고 퉁퉁한데 목소리와 행동은 매우 나긋나긋했다.

고 아주머니는 이곳 방주를 비롯한 해룡상단 식솔들이 거처하는 장원을 총괄하는 여집사의 신분이다.

이곳에서는 남천국 운양객점에서 변섭이 지체 높은 누군가를 모시고 온다는 전서구를 받았지만 오는 사람이 누군지는 모르고 있다.

화운룡은 고 아주머니를 따라서 전각 안으로 들어갔다.

삼 층은 통째로 터져 있으며 오해란룡방의 주인인 방주가 사용하고 있다.

변섭이 방주라고 눈짓을 보낸 사람은 뜻밖에도 이십사오 세 정도의 젊은 여자다.

오해란룡방은 동천국 전역에 퍼져 있는 해룡상단을 총괄하는 위치인데 방주가 젊은 여자라는 것은 뜻밖이다.

그녀는 활동하기에 편리한 착 달라붙는 녹의 경장을 입고 서서, 앞에 나란히 서 있는 세 사람에게 업무에 대한 사항을 지시하고 있는 중이다.

얘기하던 방주는 입구로 들어서는 변섭을 보고 살짝 미소 지으며 고개를 까딱거려 알은척을 하고는 수하들에게 지시를 계속했다.

"앉으세요."

고 아주머니가 방주에게서 조금 떨어진 탁자를 가리켰다.

화운룡이 탁자 앞에 앉고 변섭과 두 시녀는 그의 좌우와 뒤쪽에 섰다.

그 모습을 보더니 고 아주머니가 조금 이상하다는 표정을 지었다.

변섭이 의자에 앉지 않고 화운룡 옆에 시립하듯이 서 있기 때문이다.

그것은 화운룡이 상전이고 변섭이 호위고수 같은 광경이었 다.

변섭이 두 시녀를 가리키며 고 아주머니에게 부탁했다.

"고 아주머니, 이들이 쉴 수 있도록 해주십시오."

"이리 와요, 예쁜 낭자들."

고 아주머니가 말하자 이시굴과 소노아는 염려스러운 얼굴로 화운룡을 바라보았다.

화운룡은 미소 지으며 고개를 끄떡였다.

"가서 기다리고 있으면 조금 이따가 가겠다."

그 말을 듣고서야 이시굴과 소노아는 안심하고 고 아주머니를 따라갔다.

화운룡으로서는 몽고대사막을 건너는 이십여 일 동안이나 함께 지낸 두 시녀를 모른 체할 수가 없다.

변섭이 넌지시 물었다.

"이곳의 오해란룡방이라는 이름의 유래를 아시겠습니까?"

"오란오달의 해룡방이라는 뜻이 아니냐?"

"그렇습니다."

'오해란룡방'에서 '오란'이 오란오달이고, '해룡'이 해룡상단을 뜻하는 것이다.

남천국의 양운객점도 그렇고 이곳의 오해란룡방도 어떻게 해서든지 자신들이 해룡상단이라는 사실을 나타내고 싶었다는 사실을 짐작할 수가 있다.

고 아주머니가 돌아오고 나서도 한참이 지나서야 방주의 일이 끝났다.

그동안 고 아주머니는 화운룡과 변섭에게 차를 대접했으나 변섭은 여전히 시립하듯이 선 채 마시지 않고 화운룡만 차를 마셨다.

이윽고 방주가 화운룡에게 다가오면서 미소를 지으며 미안한 표정을 지었다.

"기다리게 해서 미안해요. 바삐 처리해야 할 중요한 일이 생겨서 말이죠."

화운룡은 손에 찻잔을 쥐고 고개를 끄떡였다.

"그런 것 같았소."

방주는 포권을 해 보이며 가볍게 고개를 까딱거렸다.

"처음 뵙겠어요. 이곳 방주인 부애신(扶愛申)이에요."

화운룡은 그녀를 쳐다보다가 문득 그녀가 누군가를 닮았다는 생각이 들었다.

그렇지만 잠시 지켜봐도 그녀가 누굴 닮았는지 금방 생각나지 않았다.

"혹시 형제자매가 있소?"

궁금한 것이 있으면 지나치지 못하는 화운룡이 뜬금없이 불쑥 묻자 부애신은 생긋 미소 지었다.

"저는 오빠와 남동생이 두 명이고 언니와 여동생이 두 명, 모두 오 남매예요. 그런데 그걸 왜 묻죠?"

"당신 형제자매들은 다 비슷하게 닮았소?"

"그런 편이에요."

화운룡은 눈을 좁히고 그녀를 응시하면서 고개를 갸웃거리다가 그녀의 까만 눈매와 유달리 까맣게 짙은 눈썹이 누굴 닮았는지 결국 기억해 냈다.

그 사람을 기억해 내고 부애신과 비교해 보니까 정말 놀랄 만큼 꼭 닮았다.

"혹시 부윤발이라는 사람을 아시오?"

부애신은 깜짝 놀라서 눈을 크게 떴다.

"저희 큰오라버니를 어떻게 아세요?"

화운룡의 눈썰미가 맞았다. 그의 얼굴에 반가운 표정이 아지랑이처럼 떠올랐다.

"그대가 부 형의 여동생이었구려."

원래 삼 년여 전에 부윤발은 춘추구패의 하나였던 강소성 북부 지역 통천방 말직 조장의 신분이었다.

그 당시는 화운룡이 미래에서 과거로 회귀한 지 얼마 되지 않은 시기라서 해남비룡문을 강건하게 만들려고 노력하고 있을 때였다.

통천방이 태주현에 분타를 하나 세우겠다고 척후로 구조장 부윤발을 내려보냈는데 이러저러한 복잡한 사정 끝에 부윤발이 화운룡을 돕게 되어 통천방 분타를 세우지 못하게 됐다.

이후 화운룡은 그것에 보답한다고 두어 번인가 교류를 하다가 친해지게 됐다.

그랬다가 나중에 비룡은월문이 거대해져서 강소성 제일문파가 되었을 때, 화운룡이 개방을 시켜서 부윤발의 가족은 물론이고 형제자매와 일가친지까지 다 찾아내 한 명도 빠짐없이 받아들인 적이 있었다.

부윤발의 가족은 모두 이십사 명이고 비룡은월문 외성의 넓은 전답에서 농사를 짓도록 해주었다.

화운룡은 부윤발을 비롯한 그의 가족 이십사 명이 비룡은월문 외성에서 평화롭게 농사를 지었던 것으로 알고 있는데, 뜻밖에도 그의 여동생을 이곳에서 만난 것이다.

모르긴 해도 부윤발 가족은 비룡은월문에 있다가 천외신계의 습격 때 모두 붙잡혔을 텐데, 부윤발의 여동생이 해룡상단 휘하에 있다는 사실은 놀랄 일이다.

화운룡은 문득 언젠가 부윤발이 소개해 준 그의 가족 즉, 아내와 두 아이의 모습이 떠올랐다.

"부 형과 형수님, 그리고 명아와 승아는 어찌 되었소?"

그들이 죽었거나 노예로 끌려갔을 것이라고 생각하여 조심스럽게 물었다.

부애신은 깜짝 놀라더니 환한 표정을 지었다.

"명아와 승아를 아세요?"

화운룡이 큰오빠의 부인 즉, 고수(姑嫂: 올케)는 물론이고 조카들 이름까지 알고 있으니 당연히 놀랄 일이다.

화운룡은 고개를 끄떡였다.

"나하고 부 형은 친구요."

"아……."

그런데 부애신이 밝은 표정으로 뜻밖의 말을 했다.

"큰오라버니 가족은 여기에 있어요!"

화운룡은 움찔 놀랐다.

"정… 말이오?"

담대하기로는 타의 추종을 불허할 정도인 그조차도 이 대목에서는 놀랄 수밖에 없다.

"그래요. 잠시 기다리세요!"

부애신도 부윤발의 친구를 만나서 반가운지 목소리가 한없이 밝았다.

그녀는 고 아주머니 고동동(高憧憧)에게 부윤발 가족을 데려오라고 지시했다.

화운룡은 기쁘면서도 부윤발 가족이 살아 있다는 사실이 궁금하기만 했다.

"어떻게 된 일이오? 부 형 가족은 비룡은월문 멸망 때 변을 당하지 않았소?"

부애신은 문득 그 당시가 생각났는지 착잡한 표정을 지으며 설명했다.

"큰오라버니는 대가족의 가장이었어요. 문주님의 배려로 큰

오라버니의 가족과 형제자매, 그리고 친지들을 모두 태주현의 비룡은월문으로 이주시켰는데 큰오라버니가 그 대가족을 책임지는 입장이었어요."

부애신은 그때가 생각났는지 엷은 미소를 지었다.

"우리 모두에게는 정말이지 갑자기 새로운 세계가 확 열렸던 거예요. 예전에 우리들은 뿔뿔이 흩어져서 남의 땅을 붙여 먹는 소작인을 하든가, 아니면 거리에서 점포의 일을 도와주는 일로 겨우 연명을 했었거든요."

화운룡은 말없이 고개를 끄떡였다.

"그랬는데 비룡은월문으로 이주해서는 우리에게 어마어마하게 넓고 비옥한 땅이 주어졌어요. 우리가 경작할 수 있을 만큼 마음껏 소유하라는 말씀을 듣고 그날 밤에 우리 가족은 너무 기뻐서 서로 끌어안고 펑펑 울며 큰오라버니에게 고맙다고 말했어요……!"

부애신은 눈에 눈물이 고였으나 개의치 않았다.

"그뿐이 아니에요. 며칠이 지난 후에 문주님께서 보내셨다는 장하문이라는 군사분이 오셔서 다른 일을 하고 싶은 사람은 주선을 해주겠다고, 해룡상단에 대해서 자세하고도 친절하게 설명해 주신 거예요."

부애신 입에서 '장하문'이라는 이름이 나오자 화운룡의 코끝이 찡했다.

                    *   *   *

부애신의 목소리가 기쁨으로 들떴다.

"그래서 저는 해룡상단의 일을 해보고 싶다고 군사님에게 말씀드렸어요. 그랬더니 군사님께서 저와 언니, 여동생을 데리고 해룡상단으로 가셔서 책임자에게 직접 저희들을 소개하시며 잘 가르쳐서 좋은 자리를 주라고 말씀하셨어요."

부윤발 가족에 대한 얘기를 하고 있는데도 화운룡은 장하문에 대한 그리움을 견디기가 어려웠다.

"그때부터 저희 세 자매는 해룡상단의 일을 하게 되어 오늘에 이르고 있어요."

"부 형 가족은?"

부애신은 고개를 끄떡였다.

"비룡은월문이 멸문할 당시에 가족 모두가 천신국으로 끌려왔어요. 이십일 명 모두 말이에요. 저와 언니, 여동생은 해룡상단 일로 외부에 있었기에 화를 면했었지요."

그다음 얘기는 이렇다.

부애신 자매 세 사람은 가족들을 구하기 위해 천신국에 진출해 있는 해룡상단에 지원을 해서 세 사람 모두 이곳으로 왔다.

그동안 꾸준한 노력으로 실력을 인정받았던 부애신은 천신국에 가도록 해달라고 해룡상단 상전에게 부탁했고 전격적으로 오해란룡방의 방주로 부임했다.

그러고는 천신국에 노예로 끌려온 부윤발을 비롯한 가족들의 행방을 전력으로 수소문했으며 그들의 소재를 알아낼 때마다 한 명씩 차례로 구해내서 반년 만에 이십일 명을 다 구해낸 것이다.

현재는 부윤발을 비롯한 가족 전체가 이곳 오해란룡방에서 생활하고 있다.

"모두 구했다는 말이오?"

화운룡은 너무 다행스러워서 그렇게 묻지 않을 수가 없었다.

부애신은 화사하게 미소 지었다.

"처음에는 어떻게 해야 할지 막막했지만 한 사람을 찾아내니까 그때부터는 가족들이 마치 고구마를 캐내듯이 줄줄이 나오는 거예요."

"애썼소."

부애신은 미소를 지으면서도 눈물을 흘렸다.

"정말 고마운 것은… 큰오라버니를 비롯하여 가족들을 구하는데 제법 큰돈이 들었는데 북부총단주께서 흔쾌히 허락을 해주신 거였어요."

북부총단주라면 옥봉의 큰오빠인 주대영이다.

그때 삼 층으로 오르는 계단 쪽이 어수선하더니 사람들이 모습을 드러냈다.

"애신아, 내 친구가 찾아왔다니 대체 누구라는 말이냐?"

목소리의 주인은 부윤발이다. 원래 그는 친구가 많지 않은 사람인데 이 먼 곳까지 친구가 찾아왔다는 말에 한달음에 달려와 계단에서 소리쳤다.

"오라버니, 이분이에요!"

부애신이 자신을 가리킬 때 화운룡이 미소를 지으면서 일어났다.

급히 달려 들어오던 부윤발이 제일 먼저 화운룡을 발견하더니 그 자리에 굳어버렸다.

"어… 억!"

부윤발은 눈을 한껏 부릅뜨고 화운룡을 주시하면서 아무 말도 하지 못했다.

부애신은 예상하지 못했던 부윤발의 반응에 깜짝 놀랐다.

그래서 그녀는 어쩌면 화운룡이 부윤발의 친구가 아니라 그를 죽이러 온 원수나 그와 비슷한 존재일지도 모른다는 생각이 더럭 났다.

화운룡이 부윤발에게 걸어가면서 환하게 웃으며 두 손을

내밀었다.

"부 형, 오랜만이네."

그런데 부윤발은 몸을 세차게 부르르 떨더니 그 자리에 허물어지듯이 털썩 주저앉아 부복하여 큰절을 올렸다.

"주군……!"

부윤발은 이마를 바닥에 대고 온몸을 떨면서 격렬하게 흐느끼며 울음을 터뜨렸다.

"으흐흐흑……! 주군……."

부애신과 고 아주머니 고동동은 의아한 표정으로 화운룡과 부윤발을 번갈아 쳐다보았다.

부윤발이 '주군'이라고 부르는 사람이 대체 누군지 알 수가 없기 때문이다.

부애신과 고동동은 화운룡이 설마 비룡공자일 것이라고는 단 일 푼도 생각하지 않았다.

화운룡은 한쪽 무릎을 꿇고 부윤발을 일으켜 두 손을 뜨겁게 거머잡았다.

"부 형, 살아 있었구려……."

"주군… 크흐흑……."

부윤발은 눈물을 흘리느라 정신이 없는 표정이다.

"아앗!"

그때 한 걸음 늦게 올라온 부윤발의 부인이 화운룡을 발견하고는 귀신을 본 것처럼 놀라 몸을 부르르 떨었다.

그러더니 그녀도 그 자리에 엎어져서 절을 올리며 울음을
터뜨렸다.

"으흐흐흑……! 주군……!"

부윤발도 화운룡의 손을 뿌리치고 다시 부복했다.

이렇게 되자 부애신과 고동동은 너무 놀라서 화운룡을 바
라보다가 문득 생각난 듯 변섭을 쳐다보았다.

변섭이 빙그레 미소 지으며 나직이 속삭였다.

"문주이십니다."

"……."

"비룡공자가 바로 저분이시죠."

"아아……."

부애신과 고동동은 부르르 세차게 몸을 떨다가 다리에 힘
이 풀린 듯 그대로 주저앉았다.

설마 남천국 양운객점의 주인 아들 변섭의 안내를 받으면
서 들어온 저 평범한 옷차림의 준수한 청년이 자신들의 하늘
인 비룡공자일 줄은 꿈에도 몰랐었다.

'아아… 주군께서 돌아오셨어… 살아계셨어…….'

부복한 부애신의 눈에서 폭포처럼 흐른 눈물이 바닥을 흥
건하게 적셨다.

화운룡은 난감해졌다.

부윤발이나 부애신 등에게 아무리 일어나라고 말해도 그들은 부복한 채 흐느껴 울기만 할 뿐이다.

화운룡은 엄숙한 표정을 지었다.

"부 형, 우린 친구가 아니었나?"

"주군……."

확실히 두 사람은 화운룡의 강압에 못 이겨서 친구가 됐던 적이 있었다.

강압이라고는 하지만 이후 부윤발은 조금씩 화운룡을 친구처럼 대했다.

그렇지만 부윤발에게는 화운룡이 친구라기보다는 주군이라는 생각이 훨씬 더 크고 깊었다.

다만 화운룡이 자신을 친구로 여겨주는 것이 한없이 고마울 뿐이었다.

"그 당시에 나는 그저 웃자고 해본 말이 아니었네. 자넨 내 친구고, 그래서 형수님과 명아, 승아는 내게 가족 같은 사람들이었네."

"저는……."

부윤발은 겨우 거두었던 눈물이 또다시 왈칵 솟구쳤다.

모두 서 있는 것을 보고 화운룡이 부애신에게 물었다.

"방주, 다 같이 앉을 만한 장소가 없겠소?"

조금 전에야 부복을 풀고 겨우 일어서 있던 부애신은 다시 급히 부복하려고 했다.

"주군… 마, 말씀을 낮추세요……."

그러나 화운룡이 무형지기를 뿜어서 그녀가 부복하지 못하도록 만들었다.

화운룡은 부애신을 곤란하게 만들지 않으려고 하대를 했다.

"자리를 마련해라."

부애신은 그제야 봉인에서 해제된 표정이다.

"명을 받들어요."

하지만 그때까지도 고동동은 비몽사몽 헝클어진 정신상태에서 벗어나지 못하고 있었다.

화운룡이 원하는 탁자가 없는 탓에 부애신은 다른 층에 있던 탁자를 가져오도록 했다.

그것은 여러 명이 한꺼번에 둘러앉을 수 있을 정도로 크고 둥근 탁자다.

화운룡은 자신은 앉고 다른 사람들은 일어서 있는 꼴을 보지 못하는 사람이다.

탁자 둘레에는 화운룡과 부윤발, 그의 가족들, 변섭, 부애신, 그리고 고동동까지 둘러앉았다.

최고급 요리와 술이 차려졌지만 아무도 손을 대지 못하고 꼿꼿한 자세로 앉아 있을 뿐이다.

화운룡은 모두에게 강제로 술과 요리를 먹도록 하지 않았다.

"부 형, 자넬 다시 만나니까 정말 반갑네."

"저도 그렇습……."

"한 번만 더 존대를 하면 일어나서 가버릴 걸세."

부윤발은 어색하게 웃었다.

"죄송합……."

그러더니 곧 머리를 긁적였다.

"알았네. 노력함세."

화운룡은 부윤발과 그의 부인, 그리고 자신의 잔에 술을 따르고 모두에게 잔을 들어 보였다.

"모두 술을 따르게. 부 형과의 재회를 축하해 주는 의미로 모두들 술 다섯 잔을 마셔주게."

부애신이 조심스럽게 입을 열었다.

"주군, 저는 술을……."

"잘 마시겠지?"

"네. 잘 마십니다."

화운룡이 말을 끊자 부애신은 즉시 말을 바꾸었다.

화운룡이 먼저 잔을 들었다.

"자! 마시자."

이어서 단숨에 잔을 비우자 다른 사람들도 일제히 따라서 잔을 비웠다.

망설인다든가 머뭇거리는 일은 있을 수 없다. 해룡상단의 최고 우두머리 면전이지 않은가.

"대단하구나, 애신. 부 형과 가족들을 한 명도 빠짐없이 구해내다니 말이야."

고동동이 조심스럽게 말했다.

"이곳 오해란룡방에서 일하고 있는 사람들의 절반 이상이 본 문 출신이에요."

뜻밖의 말에 화운룡은 눈을 조금 크게 떴다.

"그렇더냐?"

고동동은 조금 신난 표정이 되었다.

"방주께서 지금도 천신국에 끌려온 본 문 사람들을 꾸준히 구해내고 있어요."

화운룡이 부애신을 보며 고개를 끄떡였다.

"장하다."

그의 칭찬에 부애신은 너무 기뻐서 얼굴이 화끈거리고 가슴이 마구 쿵쾅거렸다.

"지금까지 몇 명이나 구했느냐?"

부애신은 수줍게 대답했다.

"열심히 노력하고 있지만 백이십칠 명이에요."

"대단하구나."

부애신이 비룡은월문 사람을 백이십칠 명이나 구해낸 일은 큰 상을 내려야 할 만큼 훌륭한 일이다.

"천외신계 놈들이 순순히 내주더냐?"

"돈으로 되지 않는 일은 없는 것 같아요."

"그렇겠지."

부애신은 송구한 표정을 지었다.

"그 덕분에 본 단에는 막심한 손해를 끼쳤습니다."

돈 얘기가 나오자 부애신은 물론이고 부윤발 부부와 고동 동까지 숙연한 표정을 지었다.

"평균 한 사람을 빼내는 데 은자로 천 냥씩 들었습니다. 백이십칠 명을 다 합하면 엄청난 금액입니다."

은자 천 냥이면 큰돈이다. 비룡은월문 사람들을 노예로 두고 있던 천신국 인물들은 소유하고 있던 노예들을 팔아서 거액을 챙긴 것이다.

"백이십칠 명을 구하는 데 은자 십이만칠천 냥이 들었군."

화운룡이 중얼거리자 부애신을 비롯한 그의 가족은 전전긍긍하며 얼굴을 들지 못했다.

화운룡은 가볍게 고개를 끄떡였다.

"그 금액으로 한 사람을 구했어도 장한 일이다."

"……."

부애신과 부윤발 등은 화운룡의 말에 크게 감동하여 자신들도 모르게 눈물이 왈칵 쏟아졌다.

"그보다 열 배 더 큰돈이 든다고 해도 내 식솔을 구할 수만 있다면 정말 고마운 일이다."

"주군……."

"구해낼 사람이 더 있느냐?"

부애신은 화운룡의 말에 조심스럽게 대답했다.

"많습니다."

"얼마나 되느냐?"

부애신이 자신을 쳐다보자 고동동이 공손히 대답했다.

"현재 삼십육 명입니다."

"모두 구해라."

"하지만 한꺼번에 구하면 너무 큰돈이라서……."

"돈 걱정은 하지 말고 구해라."

부애신과 고동동이 벌떡 일어나서 깊숙이 허리를 굽혔다.

"감사합니다, 주군……!"

화운룡은 손을 내저었다.

"내 식솔들을 너희가 구하고 있으니 정작 절을 해야 할 사람은 나다."

몇 잔의 술이 돌아가다가 화운룡은 자신이 이곳에 온 목적에 대해서 말을 꺼냈다.

"사실은 나도 사람을 찾으러 이곳에 온 것이다."

모두의 시선이 화운룡에게 집중되었다.

"누굽니까?"

화운룡의 얼굴이 어두워졌다.

"아내다."

"아아……."

중인은 대경실색하여 눈을 휘둥그렇게 떴다.

이들 중에서 화운룡이 혼인을 했다는 사실을 알고 있는 사람은 아무도 없었다.

남천국에서 화운룡을 따라온 변섭조차도 그가 누군가를 구한다는 사실만 알 뿐이지 그 사람이 설마 아내일 줄은 꿈에도 상상하지 못했다.

그런데 그때 바깥이 조금 소란스러운 것 같더니 한 사람이 모습을 나타냈다.

"방주는 어디에 있느냐?"

부애신이 깜짝 놀라서 벌떡 일어섰다.

"중부총단주이십니다."

화운룡도 덩달아서 벌떡 일어섰다. 중부총단주라면 옥봉의 작은오빠인 주화결인 것이다.

키가 후리후리하게 크고 늘씬한 한 명의 청년이 빠른 걸음으로 성큼성큼 걸어 들어왔다.

『와룡봉추』 17권에 계속…

초대형 24시 만화방

신간 100%, 샤워실, 흡연실, 수면실(침대석), 커플석, 세탁기 완비

■ 광명 광명사거리역점 ■

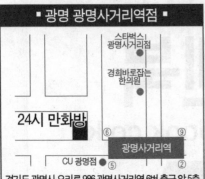

경기도 광명시 오리로 986 광명사거리역 6번 출구 앞 5층
02) 2625-9940 (솔목타워 5층)

■ 강북 노원역점 ■

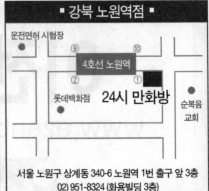

서울 노원구 상계동 340-6 노원역 1번 출구 앞 3층
02) 951-8324 (화용빌딩 3층)

■ 일산 정발산역점 ■

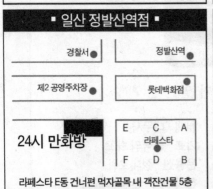

라페스타 E동 건너편 먹자골목 내 객잔건물 5층
031) 914-1957

■ 일산 화정역점 ■

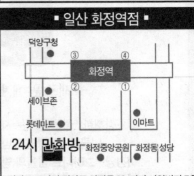

경기도 고양시 덕양구 화정동 984번지 서일빌딩 7층
031) 979-4874 (서일사우나 건물 7층)

■ 부천 역곡역점 ■

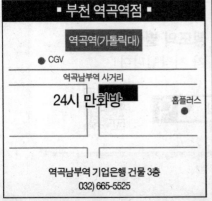

역곡남부역 기업은행 건물 3층
032) 665-5525

■ 부평역점 ■

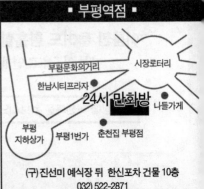

(구) 진선미 예식장 뒤 한신포차 건물 10층
032) 522-2871

FUSION FANTASTIC STORY

변혁 1998

천지무천 장편소설

주식 투자에 실패해 나락으로 빠진 강태수.

그런데,
눈을 떠보니 22년 전 과거로 돌아왔다!

『변혁 1998』

"다시는 후회하는 삶을 살지 않으리라!"

미래의 지식은 그를 천재적 사업가로 만들었고,
지난 삶의 깊은 후회는 그를 혁명가로 이끌었다.

새로운 삶을 살게 된 강태수.
변혁의 중심에 서다!

Book Publishing CHUNGEORAM

가프 현대 판타지 소설

부검 스페셜리스트

MODERN FANTASTIC STORY

법의학의 역사를 바꿔주마!

때려죽여도 검시관은 되지 않을 거라던 창하.
하지만 그에게 주어진 운명은
생각지도 못하던 것이었는데……

"내 생전의 노하우와 능력치를 네게 이식해 줄 것이다."

의사는 산 자를 구하고, 검시관은 죽은 자를 구한다.

사인 규명 100%에 도전하는
신참 부검 명의의 폭풍 행보!

Book Publishing CHUNGEORAM

유행이 아닌 자유추구 -
WWW.chungeoram.com